Christopher Columbus, Wilberforce Eames, New York Lenox
Library

The Letter of Colombus on the Discovery of America

a facsimile of the pictorial edition, with a new and literal translation, and a

complete reprint of the oldest four editions in Latin

Christopher Columbus, Wilberforce Eames, New York Lenox Library

The Letter of Colombus on the Discovery of America
*a facsimile of the pictorial edition, with a new and literal translation, and a
complete reprint of the oldest four editions in Latin*

ISBN/EAN: 9783337251734

Printed in Europe, USA, Canada, Australia, Japan

Cover: Foto ©Andreas Hilbeck / pixelio.de

More available books at **www.hansebooks.com**

THE
Letter of Columbus
on the Difcovery of
AMERICA

*A Facfimile of the Pictorial Edition, with a New and
Literal Tranflation, and a Complete Reprint of the
Oldeſt Four Editions in Latin.*

NEW-YORK, M DCCC XCII

The present facsimile, and reprint of the four Latin editions of the Columbus Letter, belonging to the Lenox Library, are published by the Trustees at this time, as an appropriate tribute to the memory of the great discoverer.

JOHN S. KENNEDY,

President.

New-York, October 21, 1892.

INTRODUCTION.

HE First Letter of Columbus, giving the earliest information of his great discovery, was translated into Latin and sent to Rome for publication immediately after his return to Spain. Original copies of the oldest four editions of this version, printed in 1493, are preserved in the LENOX LIBRARY, where they occupy a prominent place in the exhibition of rare books. The rarest, and certainly the most interesting, of these is the pictorial edition, complete in ten leaves, which is reproduced here in exact facsimile, accompanied by a literal translation. No other perfect copy is known to be extant. The curious woodcuts with which it is illustrated are supposed by some to have been copied from drawings made originally by Columbus himself. They give remarkable representations of the admiral's own caravel, of his first landing on Hayti and meeting with the natives, and of the different islands which he visited.

This copy, which was rebound in red morocco by Thompson, the English bookbinder, apparently about

sixty or seventy years ago, once belonged to Richard
Heber, the celebrated bibliophile. At the sale of the
final portion of his library at Paris, in October, 1836,
it appeared as No. 885 of the catalogue, selling for
ninety-seven francs.[1] It was subsequently owned by
M. Guglielmo Libri, at the sale of whose library at
London, in February, 1849, No. 259 of the catalogue,
it was purchased by Mr. Lenox.[2]

The three other editions referred to have no pictorial illustrations, but they contain some slight variations.
It is not known with certainty which of these is the
first. In the Appendix all four editions are reprinted

[1] The Heber copy is thus described in Brunet's *Manuel du Libraire* (Paris,
1842), Vol. I., p. 734, second column: " Le recto du prem. f. porte les mots
Regnū Hispanie, avec les armes de Castille: au verso se voit une planche en
bois (*Oceana classis*). Au 2e f. commence *De Jnsulis inuentis. Epistola
Christof. Colon.*, traduction datée *Kl. maii M. cccc. xciij*, et où sont placées
quatre vignettes en bois. Le dern. f. contient, au recto, une figure représen-
tant Ferdinand, roi d'Espagne, et au verso le mot *Granata*, avec les armes
de cette ville."

[2] Three imperfect copies are known: one in the Royal Library at Munich,
lacking the first and tenth leaves; a second in the Public Library at Basle.
also lacking the first and tenth leaves; and a third in the Library of the British
Museum (Grenville Collection), lacking the tenth leaf. The defect of the last-
mentioned copy has been supplied by a facsimile leaf, presented by Mr. Lenox
in 1859. There was a copy in the Brera Library at Milan, which is said to
have been stolen early in the present century. As described by Bossi in his
Vita di Cristoforo Colombo (Milano, 1818), p. 171, the ten lines of the title
and the epigram at the end were ruled with red ink, the text began with an
illuminated initial Q, and it lacked the tenth leaf. These peculiarities are all
found in the Grenville copy of the British Museum. The statement in the
reprint of *Nicolaus Syllacius* (New York, 1859), that in the title of the Lenox
copy "each line has been underruled with red ink," is not correct. Only the
top line has been so ruled.

side by side in ordinary type, with the abbreviations of the originals spelled out in full, in italics.

The memorable voyage which this letter describes lasted two hundred and twenty-four days, from the 3d of August, 1492, when Columbus sailed from the harbor of Palos on the southern coast of Spain, with three small caravels and about ninety men, to the 15th of March, 1493, when he returned in a single vessel to the same port. Nine days after leaving Palos he reached the Canary Islands, where he remained until the 6th of September, taking in provisions and making other preparations. On the 8th, after lying becalmed for two days, he left these islands, and steered his way directly across the Atlantic, with the expectation of reaching India or China. On the morning of Friday, the 12th of October, corresponding to the present 21st of October, he came in sight of one of the Bahama islands, where he landed and took possession in the names of the Spanish sovereigns. On the 15th he visited another island, which he named Santa Maria de la Concepcion; on the following day he reached the island Fernandina; and on the 19th, Isabella. Supposing that he was in the neighborhood of Cipango or Japan, he sailed toward the south, and on the 28th of October landed on Cuba, which he named Juana. Here he remained, exploring the northeast coast, until

December 5th, when he sailed over to Hayti, called by him Española. After exploring the northern shore of this island, where he lost his own vessel by shipwreck on the 24th, he sailed in the Niña for Spain on the 16th of January, 1493, reaching the Azores on the 18th of February, Lisbon on the 4th of March, and Palos on the 15th of the same month.

The news of these discoveries was soon spread far and wide. Various editions and translations were printed of Columbus's letter to the royal treasurer and secretary of the exchequer. Only a few of these, however, have come down to our times, and they are reckoned among the rarest and most expensive of books. The following list includes all that were printed in the fifteenth century, so far as known:

(1) The original folio edition in Spanish, of which the only known copy is in the Lenox Library. It was discovered in Spain in 1890, first offered for sale by Maisonneuve of Paris, and afterwards by Quaritch of London. It is complete in two leaves or four pages, addressed to the "Escribano de Racion," Luis de Sant-angel, and was evidently printed at Barcelona in April, 1493. Probably it is the oldest edition extant.

(2) The quarto edition in Spanish, also addressed to the "Escribano de Racion," and containing four leaves or eight pages. This was probably printed in

Spain, in 1493. The only known copy was discovered
about thirty years ago in the Biblioteca Ambrosiana at
Milan. A facsimile by photozincography, made from
an inaccurate hand-tracing of this copy, was published at Milan in 1866, and from this facsimile two
recent forgeries seem to have been copied.

(3) The edition in Latin with King Ferdinand's
name alone in the title, described by Mr. Harrisse as
No. 1 of his list, and by Mr. Major as No. 3. It is
in four leaves or eight pages, and is supposed to have
been printed at Rome by Stephen Plannck, in 1493.
A reprint is given in the Appendix, from the original
in the Lenox Library.

(4) The edition in Latin with the names of Ferdinand and Isabella in the title, described by Mr. Harrisse as No. 4, and by Mr. Major as No. 1, of their
respective lists. It is otherwise almost identical with
the preceding, page for page and line for line, and
probably was printed at Rome by Plannck, in 1493.
The reprint in the Appendix is from the original in
the Lenox Library.

(5) The edition in Latin printed at Rome by Eu-
charius Argenteus, or Silber, in 1493, and supposed
by Varnhagen to be the first edition. It is complete
in three leaves or six pages, and is reprinted in the
Appendix from the original in the Lenox Library.

(6) The pictorial edition in Latin, reproduced here in facsimile from the unique copy in the Lenox Library, and described at the beginning of this introduction. As the same woodcuts appear in a reprint appended to the drama of Carolus Verardus, published by Bergmann de Olpe at Basle in 1494, it is supposed that this edition was also printed at Basle, by the same printer, in 1493.

(7) The edition in Latin entitled *Epistola de insulis repertis de nouo*, printed at Paris by Guyot Marchand, probably in 1493. It is in four leaves or eight pages, and contains only the name of Ferdinand in the title. The only known copy was discovered in 1873, in the Royal Library at Turin.

(8) The edition in Latin entitled *Epistola de insulis de nouo repertis*, printed at Paris by Guyot Marchand, in 1493 or 1494. It is evidently a reprint of the preceding, with which it agrees in the number of the leaves, and in containing only the name of King Ferdinand in the title. Only two copies are known, one in the John Carter Brown Library at Providence, R. I., and the other in the National Library at Paris. A facsimile is in the Lenox Library.

(9) The edition in Latin entitled *Epistola de insulis nouiter repertis*, printed at Paris by Guyot Marchand, in 1493 or 1494. It is also in four leaves, and agrees

closely with the two preceding. Two copies only are known, one in the Bodleian Library at Oxford, the other in the University Library at Göttingen. A facsimile is in the Lenox Library.

(10) The edition in Latin beginning *Epistola Cristophori Colom*, supposed to have been printed at Antwerp by Thierry Martens, in 1493 or 1494. It contains only the name of Ferdinand in the title, and is in four leaves. The only known copy is in the Royal Library at Brussels.

(11) The pictorial edition in Latin appended to the drama of Verardus, published by Bergmann de Olpe at Basle in 1494. It is evidently a reprint of the separate pictorial edition, already described. There is a copy in the Lenox Library.

(12) The edition in Italian verse entitled *Questa e la hystoria della innentiöe delle diese Isole di Cannaria Indiane*, printed at Florence on the 25th of October, 1493, in four leaves. The only known copy, lacking the second and third leaves, is in the library of the British Museum. It was purchased in 1858. A facsimile is in the Lenox Library. This edition and the three following are nearly alike in contents. The version was made by Giuliano Dati.

(13) The edition in Italian verse entitled *La lettera dellisole che ha trouato nuouamente il Re dispagna*,

printed at Florence on the **26th** of October, 1493. It
is another edition of the preceding. The only known
copy, complete in four leaves, is in the library of the
British Museum. It was purchased in 1847. A facsimile is in the Lenox Library.

(14) The edition in Italian verse entitled *Isole Tro-
uate Nouamente Per El Re di Spagna*, printed at Florence, and dated 26th **of October**, 1495. It is in four
leaves. The only known copy is in the Biblioteca
Trivulziana at Milan.

(15) The edition in Italian verse entitled *La lettera
dellisole che ha trouato nuouamente el Re dispagna*,
printed at Florence, and dated **26th** of October, 1495.
The only known copy, complete in four leaves, is in a
private library in New-York.

(16) The edition in German printed at Strasburg by
Bartholomew Küstler, in **1497**, in seven leaves. There
is a copy in the Lenox Library.

Besides the printed editions mentioned above, there
are extant several manuscript copies in Spanish. One
in the Archives of Simancas, addressed to the "Escribano de Racion," was printed by Navarrete in his
Coleccion de Viages (Madrid, 1825), Vol. I, pp. 167–175.
It is also described, and an English synopsis given,
by G. A. Bergenroth, in the *Calendar of Letters, Des-
patches, and State Papers, relating to the Negotiations*

between England and Spain (London, 1862), Vol. I, pp.
43-48. Another manuscript, in Spanish, addressed to
Don Gabriel Sanchez, was discovered by Varnhagen
in the Colegio Mayor at Cuenca, and published by
him at Valencia in 1858. Columbus also made a full
report of his voyage in the form of a diary, which he
sent to the Spanish sovereigns. The original of this
has not been found, but an abridgment, or synopsis,
made by Bartolome de Las Casas, is extant, and has
been printed in Navarrete's *Coleccion*. The transcript
of this manuscript which was probably used by Muñoz
and Navarrete is now in the Lenox Library. An English translation of this "Personal Narrative," made by
Samuel Kettell, was printed at Boston in 1827.

WILBERFORCE EAMES,
Assistant Librarian.

LENOX LIBRARY, October 21, 1892.

FACSIMILE OF THE LETTER OF COLUMBUS.

Regnū hyspanie.

Oceanica Classis

De Insulis inuentis

Epistola Cristoferi Colom (cui etas nostra
multū debet : de Insulis in mari Indico nup
inuētis. Ad quas perquirendas octauo antea
mense: auspicijs et ere Inuictissimi Fernandi
Hispaniarum Regis missus fuerat) ad Magnificum dīm Raphaelez Sanxis: eiusdē sere-
nissimi Regis Thesaurariū missa. quam nobi
lis ac litterat⁹ vir Aliander d Cosco: ab His-
pano ydeomate in latinū conuertit: tercio k̄'s
Maij. M.cccc.xciij. Pontificatus Alexandri
Sexti Anno Primo .

Qoniam suscepte prouintie rem p-
fectam me psecutum fuisse: gratū ti
bi fore scio: has pstitui exarare: que
te vniuscuiusq rei in hoc nostro iti-
nere gēste inuentecp admoneāt. Tricesimoter
tio die postcp Gadibus discessi: in mare Indi-
cū perueni: vbi plurimas Insulas innumeris
habitatas hominib⁹ repperi: quaꝝ oīm ꝓ feli-
cissimo Rege nostro: preconio celebrato ꝛ ve-
xillis extensis: cōtradicente nemine possessio-
nē accepi. primecp earum: diui Saluatoris no
men imposui (cuius fret⁹ auxilio) tam ad hāc
ꝗ ad ceteras alias puenim⁹. Eam vero Indi

i

Guanabanyn vocant. Aliaꝗ etiã vnã quanꝗ
nouo nomine nuncupaui. Quippe aliam Infu
lam Sancte Marie Cóceptiõis. aliam Fernã‐
dinam. aliaꝫ Hyſabellam. aliã Johanam. ⁊ ſic
de reliquis aꝑpellari iuſſi. Quãꝑrimũ ſ eã Jn‐
ſulam quã dudũ Johanam vocari dixi aꝑpuli
mus: iuxta ei⁹ littus occidentẽ verſus aliquã‐
tulum proceſſi: tamꝗ eam magnã nullo reper
to fine inueni: vt non inſulam: ſed cõtinentem
Chataꝗ prouinciã eſſe crediderim: nulla tamẽ
vidẽs oꝑpida municipiaue in maritimis ſita cõ
finibus: preter aliquos vicos⁊ predia ruſtica:
cum quorũ incolis loqui nequibam: quare ſi‐
mul ac nos videbant ſurripiebãt fugam. Pro
grediebar vltra: exiſtimans aliquam me vꝛbẽ
villaſue inuenturum. Deniꝗ videns ꝗ longe
admodum ꝓgreſſis: nihil noui emergebat: ex
huiuſmodi via nos ad Septentrionem deſere
bat: ꝗ ipſe fugere exoptabam: terris etenim re
gnabat bruma: ad auſtrumꝗ erat in voto cõ
tendere: nec minus venti flagitantibus ſucce
debãt. cõſtitui alios nõ operiri ſucceſſus: et ſic
retrocedens ad portum quendaꝫ quem ſigna‐
ueram ſum reuerſus: vnde duos hoies ex no‐
ſtris in terram miſi. qui inueſtigarent: eſſet ne
Rex in ea prouincia / vrbeſue alique. Hij per

tres dies ambularūt: inuenerūt&̃ innumeros
populos ꝛ habitatōes: paruas tñ et abſꝗ vllo
regimine:quaꝓꝑt redierūt. Interea ego iā
intellexerā a ꝗbuſdam Indis:quos ibidē ſu=
ſceperā: quō hmōi ꝓūincia:inſula quidem
erat.ꝛ ſic perrexi oꝛientē verſus:et Ꞌſemp ſtrin
gens littoꝛa vſꝗ ad miliaria .cccxxij. vbi ipſiꞋ
inſule ſunt extrema.hinc aliā inſulā ad oꝛien=
tem ꝓſpexi:oiſtantem ab hac Johana milia=
ribus.luij.quā ꝓtinus Hiſpanam oixi:in eā=
ꝗ cōceſſi: ꝛ oirexi iter quaſi ꝑ Septentrionez
quēādmodū in Johana ad oꝛientem:miliaria
olxiiij.que oicta Johana ꝛ alie ibidem iuſule
ꝗ ferțiliſſime exiſtunt. Hec multis atꝗ tutiſſi=
mis ꝛ latis:nec alijs quos vnꝗ viderin cōpa=
randis poꝛtibꞋ: eſt circū data.multi maximi ꝛ
ſalubꝛes hanc interfluūt fluuij.multi quoꝗ et
eminētiſſimi in ea ſunt montes. Oñes he inſu
le ſunt pulcerrime ꝛ varijs oiſtincte figuris: p=
uie:ꝛ maxima arboꝝ varietate ſidera lambeu
tiū plene:ꝗs nūꝗ folijs ꝓuari credo : quiꝓ=
pe vidi eas ita virētes atꝗ oecoꝛas: ceu mēſe
Maio ī hiſpania ſolēt eē:ꝗꝝ alie floꝛētes:alie
fructuoſe:alie ī alio ſtatu:ħm vniuſcuiuſꝗ ōli
tatē vigebāt:garriebat philomena:ꝛ alij paſſe
res varij ac inun. eri:mēſe Nouēbꝛis ꝗ iꝑe per
eas oeambulabā. Sunt ꝓterea in oicta inſula

Johana septē vel octo palmax genera: ꝗ ꝓce
ritate ⁊ pulchritudie (queadmodũ cetere oēs
arbores/herbe/fructusꝗ)nꝰas facile exuperāt
Sūt ⁊ mirabiles pin⁹/agri/⁊ prata vastissima/
varie aues/varie mella/variaꝗ metalla:ferro
excepto. Jn ea aũt quā Hispanā supra dixim⁹
nũcupari : maximi sunt mõtes ac pulcri:vasta
rura/nemora/ campi feracissimi/seri/ pacisꝗ ⁊
cõdendis edificijs aptissimi. Portuũ in hac in
sula cõmoditas: ⁊ ꝑstantia fluminũ copia salu
britate admixta hoim:ꝗ nisi quis viderit: cre
dulitatē supat. Huius arbores pascua ⁊ fruct⁹
multum ab illis Johane differũt. Hec ꝓterea
Hispana diuerso aromatis genere/ auro/ me
tallisꝗ abundat.cui⁹ quidē ⁊ oim aliax quas
ego vidi: ⁊ quax cognitionē habeo:icole vtri
usꝗ sexus nudi semp incedũt : queadmodum
edunt in lucem.preter aliquas feminas. ꝗ fo
lio frondeue aliꝗ: aut bombicino **velo**: pudē
da operiũt:qd iꝑe sibi ad id negocij parāt. **Ca
rent** hi omēs (vt supra dixi) quocunꝗ genere
ferri. carent ⁊ armis:vtpote sibi ignotis nec ad
ea sũt apti .nõ ꝓꝑ corpis deformitatē (cũ sint
bñ formati)sꝫ qꝛ sũt timidi ac pleni formidine.
gestāt tñ ꝓ armis arũdines sole pustas:i quax
radicib⁹ hastile ꝗddā ligneũ siccũ ⁊ in mucro
nē attenuatũ figũt:neꝗ his audēt iugitꝫvti:nā

Oceanica Classis

ſepe euenit cū miſerim ouos vel tris homines
ex meis ad aliquas villas:vt cū eax loquerē-
tur incolis:exijſſe agmē glomeratū ex Jndis:
et ybi noſtros appropinquare videbāt:fugam
celeriter arripuiſſe: deſpxetis a patre liberis z
ecōtra. z hoc nō ꝙ cuipiam eozū damnū aliꝗ̄
vel iniuria illata fuerit:immo ad quoſcū ꝗ̃ ap
puli z ꝙbus cū verbū facere potui: quicꝗd ha
bebā ſum elargit°:pannū aliaꝗ̃ pmulta:nulla
mihi facta verſura : ſed ſunt natura pauidi ac
timidi.Cetex vbi ſe cernūt tutos:oīi metu re
pulſo:ſunt ad modū ſimplices ac bone fidei:z
in oīibus que habent liberaliſſimi:roganti ꝗ̃
poſſidet inficiaꝛ nemo:quin ipſi nos ad id po-
ſcendum inuitāt. Maxmū erga oēs amorē p-
ſefcrūt: dāt queꝗ̃ magna p paruis. minima lz
re nihiloue ptenti:ego attn phibui ne tam mi
nima z nulli° pcij hiſce darent: vt ſunt lancis/
parapſidū /vitriꝗ̃ fragmēta/jtez claui/ligule/
quanꝗ̃ ſi hoc poterāt adipiſci:videbaꝛ eis pul
cerrima mūdi poſſidere iocalia. Accidit enim
quēdam nauitā : tantū auri pondus habuiſſe
p vna ligula : quāti ſūt tres aurei ſolidi : z ſic
alios p alijs miozis pcij:pꝛtim p blanquis no
uis:z ꝙbuſdā nūmis aurcis:p ꝙb°habēdis da
bāt ꝗcꝗd petebat vēditoꝛ:puta vnciā cū dimi
dia z duas auri:yl trigita z ꝗdragita bombiꝗ

pondo:quã ipi iã nouerãt.jtē arcuum/ampho
re/hydrie/dolijꝗ fragmēta:bombiceꞇ auro tã
ꝗ bestie cõparabãt.qð quia iniquũ sane erat:
vetui:dediꝗ eis multa pulcra ꞇ grata ꝗ mecũ
tulerã nullo ꝭteruenꝫēte ꝓmio:vt eos mibi fa̅
cili⁹ ꝯciliarē:fierētꝗ xꝓicole:ꞇ vt sint pꞛoni in
amoꞛē erga ᴿegēᴿeginã pꞛincipesꝗ nostros
et vniuersas gētes ᴵhispanie:ac studeãt pⱥre̅
re ꞇ coaceruare:eaꝗ nobis tradere qᵇ⁹ipꝭ af̅
fluũt ꞇ nos magnoꝑe ꝭdigem⁹.ᴹullã hij noꞛũt
ydolatriã:imo firmissime credũt oēȝ vim: oēȝ
potētiã:oîa dcꝫuꝗ bona esse ꝭ celo: meꝗ inde
cũ his nauib⁹ꞇ nautis descēdisse:atȝ Ᵹ aîo vbi
fuꝭ susceptus postꝗ metũ repulerãt.ᴹec sunt
segnes aut rudes:quin summi ac ꝑspicacis in̅
genij:ꞇhoîes qui transsretãt mare illõ:nõ sine
admiratiõe vniuscuiusꝗ rci rationē reddunt:
sed nũꝗ viderunt gentesvestitas:neꝗ naues
hmõi ᴵEgo statim atꝗ ad mare illõ pueni:e pꞛi
ma insula quosdã ᴶndos violenter arripuꝭ: ꝗ
ediscerēt a nobis :ꞇ nos ꝑiter docerent ea:ꝗⱥ
ipsi in hisce partibus cognitionē habebant .et
exvoto successit:nã breui nos iꝓos:ꞇ hij nos:
tum gestu ac signis:tum verbis intellexerunt .
magnoꝗ nobis fuere emolumēto.veniunt mõ
mecũ tñ qui semꝑ putant me desiluisse e celo
ꝗuis diu nobiscũ versati fuerint hodieꝗ ver̅

sent. z bi erant primi: q̃ id quocũq̃z appellaba
mus nunciabãt:alij deinceps alijs elata voce
dicẽtes. Uenite venite z videbitis gẽtes cthe
reas. Quãobrẽ tã femíe q̃ viri: tã impuberes
q̃ adulti:tam iuuenes q̃ senes : dposita formi
dine paulo ante ꝫcepta :nos certatim visebãt
magna iter stipãte caterua alijs cibũ/ alijs po
tum afferentib⁹:maxio cũ amoꝛe ac beniuolẽ
ria incredibili. Habꝫ vnaqueq̃z insula multas
scaphas solidi ligni: z si angustas:longitudine
tñ ac foꝛma nostris biremib⁹ similes:cursu aũt
velocioꝛes. Regunt̃ remis tantũmodo. Harũ
quedã sunt magne:quedã paruc:quedã i me=
dio ꝑsistunt. Plures tamẽ biremi que remigẽt
duodeuiginti transtris maioꝛes:cũ q̃b⁹ in oẽs
illas insulas:que innumere sunt:traijcit̃.cũ q̃z
his suã mercaturã exercẽt:et inter eos comer=
tia fiunt. Aliquas ego harũ biremium seu sca=
pharũ:vidi q̃vehebãt septuaginta z octuagin
ta remiges. In omnib⁹ his insulis nulla est di=
uersitas inter gentis effigies. nulla in moꝛibus
atꝗ loquela:quin oẽs se intelligũt adinuicẽ:
que res ꝑutilis est ad id q̃ serenissimũ Regẽ
nostrũ exoptare precipue reoꝛ:scꝫ eoꝛ ad san
ctam xp̃i fidem ꝗuersionẽ.cui quidẽ quantum
itelligere potui facilimi sunt z ꝓni. Dixi quẽ=

admodū sum ꝓgreſſus antea inſulã Johanaʒ
ꝑ rectū tramitcʒ occaſus in oʒientem miliaria
ccclxxij.Fm quã viã ⁊ intuallū itineris poſſum
dicere hãc Johanã eſſe maioʒē Anglia ⁊ Sco
tia ſil:nanqʒ vltra dicta.ccclxxij. paſſuū milia:
in ea ꝑte q̃ ad occidentē ꝓſpectat ꞉ due ꞉quas
non petij꞉ſuꝑ ſunt ꝓuincie꞉quaʒ alterã Jndi
Anan vocãt꞉cui⁹ accole caudati naſcunt.Tē
dunt in longitudinem ad miliaria.clxxx.vt ab
his q̃s veho mecū Jndis ꝓcepi꞉qui oīis has
callēt inſulas.Hiſpane vero ambit⁹ maioʒ eſt
tota Hiſpania a cologna vſqʒ ad fontē rabidū
Hincqʒ facile arguit q̃ quartū ei⁹ lat⁹ qd ipe
ꝑ rectã lineã occidentis in oʒientē traieci꞉mili
aria ꝓtinet.dxl. Hec inſula ē affectãda ⁊ affe=
ctata nõ ſpernēda in qua ⁊ ſi aliaʒ oīm vt dixi
ꝓ inuictiſſimo Rege nʳo ſolenniter poſſeſſio=
nem accepi꞉earūqʒ imperiū dicto Regi peni=
tus cõmittit꞉ĩ oꝑtunioʒi tñ loco: atꝗ oīi lu
cro ⁊ cõmertio ꝓdecenti꞉cuiuſdã magneville꞉
cui Natiuitatis dñi nomē dedim⁹꞉poſſeſſionē
peculiariter accepi.ibiqʒ arcem quandaʒ eri=
gere extemplo iuſſi꞉que modo iam debet eſſe
pacta:in quã hoīes qui neceſſarij ſunt viſi: cū
oīi armoʒ genere:⁊ vltra annū victu oꝑortu
no reliq̃. Jtē quãdã carauellã꞉⁊ꝑ alijs ꝓſtruē
dis tã ĩ hac arte q̃ in ceterĩ peritos ꞉ ac eiuſdē

insule Regis erga nos beniuolentiā ⁊ familia
ritatē incredibilē. Sūt eñ gētes ille amabiles
admodū ⁊ benigne: eo ꝙ Rex p̄dictus me fra
trem suum dici gloriabat̄. Et si animū reuoca
rent:⁊ his q̄ ī arce manserūt nocere velint:ne
queūt:quia armis carēt:nudi īcedūt:⁊ nimiū
timidi. ideo dictā arcem tenētes: dū taxat pñt
totā eā insulā nullo sibi imminente discrimine
(dūmodo leges quas dedim⁹ac regimē nō ex
cedāt)facile detinere. In omib⁹ his insulis vt
intellexi: quisꝗ vni tm̄ ꝛiugi acquiescit:ꝓter
principes aut reges:qbus viginti habere licꝫ.
Femine magis ꝙ viri laborare videnꝼ:nec be
ne potui intelligere an habeāt bona ꝓpꝛia:vi
di eñ. qd̄ vn⁹ habebat alijs īpartiri:p̄ꝑtim da
pes/ obsonia/ ⁊ hm̄oi. Nullū apd̄ eos monstꝛ
reperi: vt pleriꝗ existimabant: sed hoīes ma
gne reuerētie atꝗ benignos. Nec sunt nigri ve
lut ethiopes. habēt crines planos ac demissos
nō degunt vbi radioꝛū solaris emicat caloꝛ. p
magna nāꝗ hic est solis vehementia: ꝓpterea
ꝙ abeꝗnoctiali linea distat. vbi videtur/gra
dus sex ⁊ viginti Ex montiū cacuminib⁹ ma
ximū ꝙ viget frig⁹:sꝫ id q̄dem moderant In
di: tū loci ꝗsuetudīe:tū rex calidissimaꝛ qb⁹
frequēter ⁊ luxuriose vescunꝼ presidio. Itaꝗ
mōstra aliꝗ nō vidi:neꝗ eoꝛ alicubi habui co

gnitionem:excepta quadã insula Charis nũ=
cupata : que secunda ex Hispana in Indiam
transfretãtibus existit. quam gens quedam a
finitimis habita ferocioz incolit. hi carne hu=
mana vescunt. Habent predicti biremiũ gene
ra plurima:quibus in omnes Indicas insulas
traÿciunt/depzedãt/surripiũtᗄ quecũᗄ pñt.
Nihil ab alÿs differunt nisi ᗄ gerunt moze fe=
mineo longos crines. vtunt arcub⁹ et spiculis
arundineis:fixis(vt dixim⁹)in grossiozi pte at
tenuatis hastilib⁹.ideoᗄ habẽt feroces:qua=
re ceteri Indi inexhausto metu plectuntur:sᴢ
bos ego nihili facio plus ᗄ alios. Hi sunt qui
cõeunt cum quibusdam feminis:que sole insu
lam Mateunin primã ex Hispana in Indiam
traÿcientib⁹ habitant.He autẽ femine nulluᴣ
sui sexus opus exercent:vtunt eñ arcub⁹ ᴢ spi
cul sicuti õ caᴣ ᴐiugib⁹ dixi muniũt:sese lami
nis eneis ᵹᴣ maxia apð eas copia existit. Ali
am mihi insulã affirmant supzadicta Hispana
maiozẽ: ei⁹ incole carẽt pilis.auroᑫ inᵗ alias
potissimũ exuberat.Hui⁹ insule ᴢ aliaᴣ ᵹs vi
di hoĩes mecũ pozto:ᵹ hoᴣ ᵹ dixi testimoniũ
phibẽt.Deniᵹ vt nñi discessus et celeris reuer
siõis cõpẽdiũ:ac emolumẽtũ bzeuib⁹ astringã
Ь polliceoz:me nñis Regib⁹ inuictissimis quo
eoᴣ fultũ auxilio:tantũ auri datuᴣ quantum

eis fuerit opus.tm̃ vero aromatuʒ. bombicis.
masticis(q̃ apud Chium dũtaxat inuenit)tan
tũ cʒ ligni aloes.tantum ꝑuoʒ hydrophilato
rum:quantũ eoꝛũ maieſtas voluerit exigere.
jtem reubarbarũ Ɤ alia aromatuʒ genera:q̃ hi
quos in dicta arce reliqui iã inueniſſe:atcʒ in
uenturos exiſtimo.q̃ſiquidem ego nullibi ma
gis ſum moꝛatus niſi quantũ me coegerũt vē
ti:pꝛetercʒ in villa Natiuitatis:dũ arcem con
dere Ɤ tuta oĩa eſſe pꝛouidi.Que Ɤ ſi maxia
et inaudita ſunt:multo tamē maiora foꝛent ſi
naues mihi vt ratio exigit ſubueniſſent.Ueꝝ
multũ ac mirabile hoc:nec noſtris meritis coꝛ
reſpondēs:ſed ſancte Chꝛiſtiane fidei:noſtro
rumcʒ Regũ pietati ac religioni: quia qd̃ hu
manus cõſequi nõ poterat intellectus:id hũa
nis conceſſit diuinus. Solet eñ deus ꝑuos ſu
os:quicʒ ſua ꝑcepta diligũt:etiã ĩ impoſſibili
bus exaudire:vt nobis ĩ pñtia ꝯtigit:q̃ ea ꝯſe
cuti ſumꝰ:q̃ hactenꝰ moꝛtaliũ vires mĩe atti
gerãt.nã ſi haꝝ inſulaꝝ q̃piã aliqd ſcꝑſeͬt aut
locuti ſũt:oēs ꝑ ambages Ɤ ꝯiecturas nemo ſe
eas vidiſſe aſſerit:vñ ꝓpe videbaͬ fabula Jgi
tur Rex Ɤ Regia pͬncipes ac eoꝝ regna feliciſ
ſima:cũctecʒ alie Chꝛiſtianoꝝ puincie Salua
toꝛi dño nͬo Jeſu xꝓo agamꝰ gͬas:q̃ tãta nos
victoꝛia mune̅recʒ donauit:celebꝛēͬ ꝓceſſioͤs

peragant solennia sacra.festaq̃ fronde velent
velubra.Exultet Christoī terris:quēadmodũ
in celis exultat:cum tot populorum pditas añ
hac animas saluatum iri preuidet.Letemur ⁊
nos:tũ ppter exalrationē nostre fidei.tum p-
pter rerũ temporaliũ incremēta:quor nõ solũ
hispania sed vniuersa Christianitas est futura priceps.Hec vt gesta sunt sic breuiter enar-
rata. Vale. Vlisbone pridie ydus Marcij.

Cristofor⁹ Colom Oceane classis Prefect⁹.

   Epigrama.R.L.de Corbaria Episcopi
  Montispalusij
    Ad Inuictissimũ Regē Hispaniar

Jam nulla Hispanis tellus addēda triũphis:
  Atq̃ parum tantis virib⁹/orbis erat.
Nunc longe Eois regio deprensa sub vndis.
  Auctura est titulos Betice magne tuos.
Vnde repertori merito referenda Colũbo
  Gratia:sz summo est maior habēda deo:
Qui vincēda parat noua regna tibiq̃ sibiq̃:
  Teq̃ simul fortem prestat ⁊ esse pium.

Fernãdº rex hyſpania

Granata:

TRANSLATION.

THE DISCOVERED ISLANDS.

Letter of Christopher Columbus, to whom our age owes much, concerning the islands recently discovered in the Indian sea.[1] For the search of which, eight months before, he was sent under the auspices and at the cost of the most invincible Ferdinand, king of Spain.[2] Addressed to the magnificent lord Raphael Sanxis,[3] treasurer of the same most illustrious king, and which the noble and learned man Leander de Cosco has translated from the Spanish language into Latin, on the third of the kalends of May,[4] 1493, the first year of the pontificate of Alexander the Sixth.

BECAUSE my undertakings have attained success, I know that it will be pleasing to you: these I have determined to relate, so that you may be made acquainted with everything done and discovered in this our voyage. On the thirty-third day after I departed from Cadiz,[5] I came to the Indian sea, where I found many islands inhabited by

1 In the other editions this part of the sentence reads: "concerning the islands of India beyond the Ganges, recently discovered."

2 The name of Isabella (Helisabet) is also omitted in the title of one of Plannck's editions; it is found in the two other Roman editions.

3 The correct form is Gabriel Sanchez.

4 April 29th.

5 A mistake of the Latin translator. Columbus sailed from Palos on the 3d of August, 1492; on the 8th of September he left the Canaries, and on the 11th of October, or thirty-three days later, he reached the Bahamas.

men without number, of all which I took possession
for our most fortunate king, with proclaiming heralds
and flying standards, no one objecting. To the first
of these I gave the name of the blessed Saviour,[1]
on whose aid relying I had reached this as well as
the other islands. But the Indians call it Guana-
hany. I also called each one of the others by a new
name. For I ordered one island to be called Santa
Maria of the Conception,[2] another Fernandina,[3] another Isabella,[4] another Juana,[5] and so on with the
rest. As soon as we had arrived at that island which
I have just now said was called Juana, I proceeded
along its coast towards the west for some distance; I
found it so large and without perceptible end, that
I believed it to be not an island, but the continental
country of Cathay;[6] seeing, however, no towns or
cities situated on the sea-coast, but only some villages
and rude farms, with whose inhabitants I was unable
to converse, because as soon as they saw us they took
flight. I proceeded farther, thinking that I would dis-
cover some city or large residences. At length, per-
ceiving that we had gone far enough, that nothing
new appeared, and that this way was leading us to the
north, which I wished to avoid, because it was winter

[1] In Spanish, San Salvador, one of the Bahama islands. It has been variously identified with Grand Turk, Cat, Watling, Mariguana, Samana, and
Acklin islands. Watling's Island seems to have much in its favor.

[2] Perhaps Crooked Island, or, according to others, North Caico.

[3] Identified by some with Long Island; by others with Little Inagua.

[4] Identified variously with Fortune Island and Great Inagua.

[5] The island of Cuba.

[6] China.

on the land, and it was my intention to go to the south,
moreover the winds were becoming violent, I therefore
determined that no other plans were practicable, and
so, going back, I returned to a certain bay that I had
noticed, from which I sent two of our men to the land,
that they might find out whether there was a king in
this country, or any cities. These men traveled for
three days, and they found people and houses without
number, but they were small and without any government, therefore they returned. Now in the meantime
I had learned from certain Indians, whom I had
seized there, that this country was indeed an island,
and therefore I proceeded towards the east, keeping
all the time near the coast, for 322 miles, to the ex-
treme ends of this island. From this place I saw
another island to the east, distant from this Juana
54 miles, which I called forthwith Hispana;[1] and I
sailed to it; and I steered along the northern coast, as
at Juana, towards the east, 564 miles. And the said
Juana and the other islands there appear very fertile.
This island is surrounded by many very safe and wide
harbors, not excelled by any others that I have ever
seen. Many great and salubrious rivers flow through
it. There are also many very high mountains there.
All these islands are very beautiful, and distinguished
by various qualities; they are accessible, and full of a
great variety of trees stretching up to the stars; the
leaves of which I believe are never shed, for I saw them
as green and flourishing as they are usually in Spain

_____
1 Hispaniola, or Hayti.

in the month of May; some of them were blossoming, some were bearing fruit, some were in other conditions; each one was thriving in its own way. The nightingale and various other birds without number were singing, in the month of November, when I was exploring them. There are besides in the said island Juana seven or eight kinds of palm trees, which far excel ours in height and beauty, just as all the other trees, herbs, and fruits do. There are also excellent pine trees, vast plains and meadows, a variety of birds, a variety of honey, and a variety of metals, excepting iron. In the one which was called Hispana, as we said above, there are great and beautiful mountains, vast fields, groves, fertile plains, very suitable for planting and cultivating, and for the building of houses. The convenience of the harbors in this island, and the remarkable number of rivers contributing to the healthfulness of man, exceed belief, unless one has seen them. The trees, pasturage, and fruits of this island differ greatly from those of Juana. This Hispana, moreover, abounds in different kinds of spices, in gold, and in metals. On this island, indeed, and on all the others which I have seen, and of which I have knowledge, the inhabitants of both sexes go always naked, just as they came into the world, except some of the women, who use a covering of a leaf or some foliage, or a cotton cloth, which they make themselves for that purpose. All these people lack, as I said above, every kind of iron; they are also without weapons, which indeed are unknown; nor are they competent to use

them, not on account of deformity of body, for they
are well formed, but because they are timid and full of
fear. They carry for weapons, however, reeds baked
in the sun, on the lower ends of which they fasten
some shafts of dried wood rubbed down to a point;
and indeed they do not venture to use these always;
for it frequently happened when I sent two or three of
my men to some of the villages, that they might speak
with the natives, a compact troop of the Indians would
march out, and as soon as they saw our men approach-
ing, they would quickly take flight, children being
pushed aside by their fathers, and fathers by their
children. And this was not because any hurt or injury
had been inflicted on any one of them, for to every
one whom I visited and with whom I was able to
converse, I distributed whatever I had, cloth and
many other things, no return being made to me; but
they are by nature fearful and timid. Yet when they
perceive that they are safe, putting aside all fear, they
are of simple manners and trustworthy, and very lib-
eral with everything they have, refusing no one who
asks for anything they may possess, and even themselves inviting us to ask for things. They show greater
love for all others than for themselves; they give val-
uable things for trifles, being satisfied even with a very
small return, or with nothing; however, I forbade that
things so small and of no value should be given to
them, such as pieces of plates, dishes and glass, likewise keys and shoe-straps; although if they were able
to obtain these, it seemed to them like getting the most

beautiful jewels in the world. It happened, indeed,
that a certain sailor obtained in exchange for a shoe-
strap as much worth of gold as would equal three
golden coins; and likewise other things for articles of
very little value, especially for new silver coins, and
for some gold coins, to obtain which they gave whatever the seller desired, as for instance an ounce and a
half and two ounces of gold, or thirty and forty pounds
of cotton, with which they were already acquainted.
They also traded cotton and gold for pieces of bows,
bottles, jugs and jars, like persons without reason,
which I forbade because it was very wrong; and I
gave to them many beautiful and pleasing things that
I had brought with me, no value being taken in exchange, in order that I might the more easily make
them friendly to me, that they might be made wor-
shippers of Christ, and that they might be full of love
towards our king, queen, and prince, and the whole
Spanish nation; also that they might be zealous to
search out and collect, and deliver to us those things
of which they had plenty, and which we greatly needed.
These people practice no kind of idolatry; on the con-
trary they firmly believe that all strength and power,
and in fact all good things are in heaven, and that I
had come down from thence with these ships and
sailors; and in this belief I was received there after
they had put aside fear. Nor are they slow or un-
skilled, but of excellent and acute understanding; and
the men who have navigated that sea give an account
of everything in an admirable manner; but they never

saw people clothed, nor these kind of ships. As soon
as I reached that sea, I seized by force several Indians
on the first island, in order that they might learn from
us, and in like manner tell us about those things in
these lands of which they themselves had knowledge;
and the plan succeeded, for in a short time we understood them and they us, sometimes by gestures and
signs, sometimes by words; and it was a great advan-
tage to us. They are coming with me now, yet always believing that I descended from heaven, although
they have been living with us for a long time, and are
living with us to-day. And these men were the first
who announced it wherever we landed, continually
proclaiming to the others in a loud voice, "Come,
come, and you will see the celestial people." Where-
upon both women and men, both children and adults,
both young men and old men, laying aside the fear
caused a little before, visited us eagerly, filling the
road with a great crowd, some bringing food, and
some drink, with great love and extraordinary good-
will. On every island there are many canoes of a
single piece of wood; and though narrow, yet in
length and shape similar to our row-boats, but swifter
in movement. They steer only by oars. Some of
these boats are large, some small, some of medium
size. Yet they row many of the larger row-boats with
eighteen cross-benches, with which they cross to all
those islands, which are innumerable, and with these
boats they perform their trading, and carry on commerce
among them. I saw some of these row-boats or canoes

which were carrying seventy and eighty rowers. In all these islands there is no difference in the appearance of the people, nor in the manners and language, but all understand each other mutually; a fact that is very important for the end which I suppose to be earnestly desired by our most illustrious king, that is, their conversion to the holy religion of Christ, to which in truth, as far as I can perceive, they are very ready and favorably inclined. I said before how I proceeded along the island Juana in a straight line from west to east 322 miles, according to which course and the length of the way, I am able to say that this Juana is larger than England and Scotland together; for besides the said 322 thousand paces, there are two more provinces in that part which lies towards the west, which I did not visit; one of these the Indians call Anan, whose inhabitants are born with tails. They extend to 180 miles in length, as I have learned from those Indians I have with me, who are all acquainted with these islands. But the circumference of Hispana is greater than all Spain from Colonia to Fontarabia.[1] This is easily proved, because its fourth side, which I myself passed along in a straight line from west to east, extends 540 miles. This island is to be desired and is very desirable, and not to be despised; in which, although as I have said, I solemnly took possession of all the others for our most invincible king, and their government is entirely committed to the said king, yet I especially took possession of a certain large town, in a very con-

[1] From Catalonia by the sea-coast to Fontarabia in Biscay.

venient location, and adapted to all kinds of gain and
commerce, to which we give the name of our Lord of
the Nativity. And I commanded a fort to be built
there forthwith, which must be completed by this time;
in which I left as many men as seemed necessary, with
all kinds of arms, and plenty of food for more than a
year. Likewise one caravel, and for the construction
of others men skilled in this trade and in other profes-
sions; and also the extraordinary good will and friend-
ship of the king of this island toward us. For those
people are very amiable and kind, to such a degree that
the said king gloried in calling me his brother. And if
they should change their minds, and should wish to hurt
those who remained in the fort, they would not be able,
because they lack weapons, they go naked, and are too
cowardly. For that reason those who hold the said
fort are at least able to resist easily this whole island,
without any imminent danger to themselves, so long
as they do not transgress the regulations and com-
mand which we gave. In all these islands, as I have
understood, each man is content with only one wife,
except the princes or kings, who are permitted to
have twenty. The women appear to work more
than the men. I was not able to find out surely
whether they have individual property, for I saw that
one man had the duty of distributing to the others,
especially refreshments, food, and things of that kind.
I found no monstrosities among them, as very many
supposed, but men of great reverence, and friendly.
Nor are they black like the Ethiopians. They have

straight hair, hanging down. They do not remain
where the solar rays send out the heat, for the strength
of the sun is very great here, because it is distant from
the equinoctial line, as it seems, only twenty-six de-
grees. On the tops of the mountains too the cold is
severe, but the Indians, however, moderate it, partly
by being accustomed to the place, and partly by the
help of very hot victuals, of which they eat frequently
and immoderately. And so I did not see any mon-
strosity, nor did I have knowledge of them any where,
excepting a certain island named Charis,[1] which is the
second in passing from Hispana to India. This island
is inhabited by a certain people who are considered
very warlike by their neighbors. These eat human
flesh. The said people have many kinds of row-boats,
in which they cross over to all the other Indian islands, and seize and carry away every thing that they
can. They differ in no way from the others, only that
they wear long hair like the women. They use bows
and darts made of reeds, with sharpened shafts fas-
tened to the larger end, as we have described. On
this account they are considered warlike, wherefore the
other Indians are afflicted with continual fear, but I
regard them as of no more account than the others.
These are the people who visit certain women, who
alone inhabit the island Mateunin,[2] which is the first
in passing from Hispana to India. These women,
moreover, perform no kind of work of their sex, for
they use bows and darts, like those I have described

1 Identified with Dominica.   2 Supposed to be Martinique.

of their husbands; they protect themselves with sheets
of copper, of which there is great abundance among
them. They tell me of another island greater than the
aforesaid Hispana, whose inhabitants are without hair,
and which abounds in gold above all the others. I
am bringing with me men of this island and of the
others that I have seen, who give proof of the things
that I have described. Finally, that I may compress
in few words the brief account of our departure and
quick return, and the gain, I promise this, that if I am
supported by our most invincible sovereigns with a little of their help, as much gold can be supplied as they
will need, indeed as much of spices, of cotton, of chew-
ing gum (which is only found in Chios), also as much
of aloes wood, and as many slaves for the navy, as
their majesties will wish to demand. Likewise rhu-
barb and other kinds of spices, which I suppose these
men whom I left in the said fort have already found,
and will continue to find; since I remained in no
place longer than the winds forced me, except in the
town of the Nativity, while I provided for the building
of the fort, and for the safety of all. Which things,
although they are very great and remarkable, yet they
would have been much greater, if I had been aided
by as many ships as the occasion required. Truly
great and wonderful is this, and not corresponding to
our merits, but to the holy Christian religion, and to
the piety and religion of our sovereigns, because what
the human understanding could not attain, that the
divine will has granted to human efforts. For God is

wont to listen to his servants who love his precepts, even in impossibilities, as has happened to us on the present occasion, who have attained that which hitherto mortal men have never reached. For if any one has written or said any thing about these islands, it was all with obscurities and conjectures; no one claims that he had seen them; from which they seemed like fables. Therefore let the king and queen, the princes and their most fortunate kingdoms, and all other countries of Christendom give thanks to our Lord and Saviour Jesus Christ, who has bestowed upon us so great a victory and gift. Let religious processions be solemnized; let sacred festivals be given; let the churches be covered with festive garlands. Let Christ rejoice on earth, as he rejoices in heaven, when he foresees coming to salvation so many souls of people hitherto lost. Let us be glad also, as well on account of the exaltation of our faith, as on account of the increase of our temporal affairs, of which not only Spain, but universal Christendom will be partaker. These things that have been done are thus briefly related. Farewell. Lisbon, the day before the ides of March.[1]

Christopher Columbus, admiral of the Ocean fleet.

---

1 March 14th, 1493.

Epigram of R. L. de Corbaria, bishop of Monte Peloso.

To the most invincible King of Spain.

No region now can add to Spain's great deeds:
    To such men all the world is yet too small.
An Orient land, found far beyond the waves,
    Will add, great Betica, to thy renown.
Then to Columbus, the true finder, give
    Due thanks; but greater still to God on high;
Who makes new kingdoms for himself and thee:
    Both firm and pious let thy conduct be.

THE EARLIEST FOUR EDITIONS IN LATIN
OF THE FIRST LETTER OF COLUMBUS.

[*Third page begins:*] De Infulis inuentis ||
Epiftola Criftoferi Colom (cui etas noftra || multum
debet : de Infulis in mari Indico nuper || inuentis. Ad
quas perquirendas octauo antea || menfe: aufpicijs et
ere Inuictiffimi Fernandi || Hifpaniarum Regis miffus
fuerat) ad Mag- || nificum dominum Raphaelem Sanxis:
eiufdem fere- || niffimi Regis Thefaurarium miffa. quam
nobi || lis ac litteratus vir Aliander de Cofco : ab Hif- ||
pano ydeomate in latinum conuertit: tercio kalendas ||
Maij. M. cccc. xciij. Pontificatus Alexandri || Sexti
Anno Primo. ||

❡ Epiftola Chriftofori Colom : cui aetas noftra mul-
tum debet : de || Infulis Indiae fupra Gangem nuper
inuentis. Ad quas perqui- || rendas octauo antea
menfe aufpicijs et aere inuictiffimi Fernan- || di
Hifpaniarum Regis miffus fuerat : ad Magnificum
dominum Ra || phaelem Sanxis : eiufdem fereniffimi
Regis Tefaurarium miffa : || quam nobilis ac litteratus
vir Aliander de Cofco ab Hifpano || ideomate in
latinum conuertit: tertio kalendas Maij. M. cccc
xciij. || Pontificatus Alexandri Sexti Anno Primo. ||

❡ Epiftola Chriftofori Colom: cui etas noftra multum debet: de ‖ Infulis Indie fupra Gangem nuper in- uentis. Ad quas perquiren ‖ das octauo antea menfe aufpiciis et ere inuictiffimorum Fernandi ‖ ac Helifabet Hifpaniarum Regum miffus fuerat: ad Magnificum dominum ‖ Gabrielem Sanches: eorundem fereniffi- morum Regum Tefau- ‖ rarium miffa: Quam gene- rofus ac litteratus vir Leander de Cofco ab ‖ Hifpano idiomate in latinum conuertit: tertio Kalendas Maij. M. cccc. ‖ xc. iij. Pontificatus Alexandri Sexti Anno Primo. ‖

❡ Epiftola Chriftofori Colom: cui etas noftra multum debet: de ‖ Infulis Indie fupra Gangem nuper inuen- tis. Ad quas perquiren- ‖ das octauo antea menfe auf- piciis et ere inuictiffemorum Fernandi et ‖ Helifabet Hifpaniarum Regum miffus fuerat: ad magnificum dominum ‖ Gabrielem Sanchis eorundem fereniffimo- rum Regum Tefaurarium ‖ miffa: quam nobilis ac litte- ratus vir Leander de Cofco ab Hifpa ‖ no idiomate in latinum conuertit tertio kalendas Maii. M. cccc. xciii ‖ Pontificatus Alexandri Sexti Anno primo. ‖

[Q] Uoniam fufcepte prouintie rem per- || fectam me confecutum fuiffe: gratum ti || bi fore fcio: has conftitui exarare: que || te vniuf cuiufque rei in hoc noftro iti- || nere gefte inuenteque admoneant. Tricefimoter || tio die poftquam Gadibus difceffi: in mare Indi- || cum perueni: vbi plurimas Infulas innumeris || habitatas hominibus repperi: quarum omnium pro feli- || ciffimo Rege noftro: preconio celebrato et ve- || xillis extenfis: contradicente nemine poffeffio- || nem accepi. primeque earum: diui Saluatoris no || men impofui (cuius fretus auxilio) tam ad hanc || quam ad ceteras alias peruenimus. Eam vero Indi || [*Fifth page begins:*] Guanahanyn vocant. Aliarum etiam vnam quanque || nouo nomine nuncupaui.

Uoniam fufceptae prouintiae rem perfectam me confecutum || fuiffe gratum tibi fore fcio: has conftitui exarare: quae te || vniufcuiufque rei in hoc noftro itinere geftae inuentaeque ad- || moneant: Tricefimotertio dic poftquam Gadibus difceffi in mare || Indicum perueni: vbi plurimas infulas innumeris habitatas ho- || minibus repperi: quarum omnium pro foeliciffimo Rege noftro || praeconio celebrato et vexillis extenfis contradicente nemine pof- || feffionem accepi: primaeque earum diui Saluatoris nomen impo- || fui: cuius fretus auxilio tam ad hanc: quam ad caeteras alias perue- || nimus. Eam vero Indi Guanahanin vocant. Aliarum etiam vnam || quanque nouo nomine nuncupaui. Quippe aliam infu-

Uoniam fufcepte prouincie rem perfectam me confe || cutum fuiffe gratu*m* tibi fore fcio : has co*n*ftitui exarare || que te vniufcuiufq*ue* rei in hoc noftro itinere gefte i*n* || uenteq*ue* admoneant : Tricefimotertio die poftq*uam* Ga || dibus difceffi in mare Indicu*m* perueni : vbi plurimas || infulas innumeris habitatas hominibus repperi : quarum omni-|| um pro foeliciffimo Rege noftro preconio celebrato *et* vexillis exte*n* || fis contradicente nemine poffeffionem accepi : primeq*ue* earum di- || ui Saluatoris nomen impofui : cuius fretus auxilio tam ad hanc : || q*uam* ad ceteras alias peruenimus. Eam vero Indi Guanahanin vo || cant. Aliarum etia*m* vnam quanq*ue* nouo nomine nuncupaui. Quip || pe alia*m* infulam Sancte Marie

---

[PLANNCK'S "FERDINAND AND ISABELLA" EDITION.]

Uoniam fufcepte prouintie rem perfectam me *con*fecutum || fuiffe gratum tibi fore fcio : has conftitui exarare : que te || vniufcuiufq*ue* rei in hoc noftro itinere gefte inuenteq*ue* ad- || moneant : Tricefimotertio die poftq*uam* Gadibus difceffi in mare || Indicu*m* perueni : vbi plurimas infulas innumeris habitatas ho- || minibus repperi : quarum omnium pro feliciffimo Rege noftro || preconio celebrato *et* vexillis extenfis contradicente nemine pof- || feffionem accepi : primeq*ue* earum diui Saluatoris nomen impo- || fui : cuius fretus auxilio tam ad hanc : q*uam* ad ceteras alias perue- || nimus. Eam ve*r*o Indi Guanahanin vocant. Aliaru*m* etiam vnam || quanq*ue* nouo nomine nuncupaui : quippe alia*m* infulam Sancte || Marie Con

Quippe aliam Infu || lam Sancte Marie Conceptionis.
aliam Fernan- || dinam. aliam Hyfabellam. aliam Ioha-
nam. et fic || de reliquis appellari iuffi.   Quamprimum
in eam In- || fulam quam dudum Iohanam vocari dixi
appuli || mus : iuxta eius littus occidentem verfus ali-
quan- || tulum proceffi : tamque eam magnam nullo re-
per || to fine inueni : vt non infulam : fed continentem ||
Chatay prouinciam effe crediderim : nulla tamen ||
videns oppida municipiaue in maritimis fita con || fini-
bus : preter aliquos vicos et predia ruftica : || cum quorum
incolis loqui nequibam : quare fi- || mul ac nos videbant
furripiebant fugam.   Pro || grediebar vltra : exiftimans
aliquam me vrbem || villafue inuenturum.   Denique
videns quod longe || admodum progreffis : nihil noui

lam Sanctae || Mariae Conceptionis. aliam Fernandi-
nam. aliam Hyfabellam. || aliam Iohanam. et fic de
reliquis appellari iuffi.   Quamprimum || in eam infulam
quam dudum Iohanam vocari dixi appulimus : iu ||
xta eius littus occidentem verfus aliquantulum proceffi :
tamque || eam magnam nullo reperto fine inueni : vt
non infulam : fed conti || nentem Chatai prouinciam
effe crediderim : nulla tamen videns op- || pida muni-
cipiaue in maritimis fita confinibus praeter aliquos
vi- || cos et predia ruftica : cum quorum incolis loqui
nequibam. quare fi || mul ac nos videbant furripiebant
fugam.   Progrediebar vltra : || exiftimans aliquam me
vrbem villafue inuenturum.   Denique videns || quod
longe admodum progreffis nihil noui emergebat : et

Conceptionis. alia*m* Fernandinam || alia*m* Hijfabellam.
alima[1] Ioanam. *et* fic de reliquis appellari iuffi. || Cum-
primum in eam Infulam quam dudum Ioana*m* vocari
dixi || appulimus: iuxta eius littus occidentem verfus
aliquantulu*m* procef || fi: tamq*ue* eam magna*m* nullo
reperto fine inueni: vt non infula*m*: fed || continentem
Chatai prouinciam effe crediderim: nulla ta*me*n videns ||
oppida municipiaue in maritimis fita confinib*us* preter
aliquos vi || cos *et* predia ruftica: cum quor*um* incolis
loqui nequiba*m* quare fimul || ac nos videbant furri-
piebant fugam. Progrediebar vltra: exifti- || mans
aliqua*m* me vrbem villafue inuenturum. Deniq*ue* vi-
de*n*s q*uod* lon- || ge admodu*m* progreffis nichil noui

[1] Misprint for aliam.

---

ceptionis. aliam Fernandinam. aliam Hyfabellam. ||
aliam Ioanam. *et* fic de reliquis appellari iuffi. Cum
primum in || eam infulam quam dudum Ioanam vocari
dixi appulimus: iu- || xta eius littus occidentem verfus
aliquantulum proceffi: tamq*ue* || eam magnam nullo
reperto fine inueni: vt non infula*m*: fed conti || nentem
Chatai prouinciam effe crediderim: nulla ta*me*n videns
op || pida municipiaue in maritimis fita confinib*us*
preter aliquos vi- || cos *et* predia ruftica: cum quor*um*
incolis loqui nequibam. quare fi || mul ac nos vide-
bant furripiebant fugam. Progrediebar vltra: || exifti-
mans aliqua*m* me vrbem villafue inuenturu*m*. Deniq*ue*
videns || q*uod* longe admodum progreffis nihil noui
emergebat: *et* h*uius*mo*d*i via || nos ad Septentrionem

emergebat: et || huiufmodi via nos ad Septentrionem
defere || bat: quod ipfe fugere exoptabam: terris et-
enim re || gnabat bruma: ad auftrumque erat in
voto con- || tendere: nec minus venti flagitantibus
fucce- || debant. conftitui alios non operiri fucceffus:
et fic || retrocedens ad portum quendam quem fig-
na- || ueram fum reuerfus: vnde duos homines ex
no- || ftris in terram mifi. qui inueftigarent: effet ne ||
Rex in ea prouincia, vrbefue alique. Hij per ||
[*Seventh page begins:*] tres dies ambularunt: inuene-
runtque innumeros || populos et habitationes: paruas
tamen et abfque vllo || regimine: quapropter redierunt.
Interea ego iam || intellexeram a quibufdam Indis:
quos ibidem fu- || fceperam: quod hujusmodi prouin-

---

hujusmodi via || nos ad Septentrionem deferebat:
quod ipfe fugere exoptabam: terris || etenim regnabat
bruma: ad Auftrumque erat in voto contendere: ||
[*Second page begins:*] nec minus venti flagitantibus
fuccedebant. conftitui alios non ope || riri fucceffus: et
fic retrocedens ad portum quendam quem fignaue- ||
ram fum reuerfus: vnde duos homines ex noftris in
terram mifi: qui || inueftigarent effet ne Rex in ea
prouincia vrbefue aliquae. Hi per || tres dies ambu-
larunt inueneruntque innumeros populos et habita ||
tiones paruas tamen et abfque vllo regimine: quaprop-
ter redierunt. || Interea ego iam intellexeram a quibuf-
dam Indis quos ibidem fu- || fceperam quod hujusmodi
prouincia infula quidem erat: et fic perrexi ori || entem

emergebat : *et* h*uju*smod*i* via nos ad fep ‖ tentrionem
deferebat : q*uod* ipfe fugere exoptaba*m* : terris etenim
regna ‖ bat bruina :[1] ad Auftrumq*ue* erat in voto co*n*-
te*n*dere : nec minus ven- ‖ ti flagitantib*us* fuccedeba*nt*.
co*n*ftitui alios no*n* operiri fucceffus : *et* fic ‖ retrocedens
ad portu*m* quenda*m* quem fignaueram fum reuerfus :
vn ‖ de duos ho*mi*nes ex noftris in terram mifi qui in-
ueftigarent effet ne ‖ Rex in ea prouincia vrbefue alique
Hi per tres dies ambulauerunt ‖ Inueneru*n*tq*ue* innumeros populos *et* habitationes paruas tamen ‖ *et* abfq*ue*
vllo regimine : quapropter redierunt. Interra[2] ego iam
in- ‖ tellexera*m* a q*ui*bufdam Indis quos ibidem fuffce-
pera*m* quo*d* h*uju*smod*i* pro- ‖ [*Second page begins :*]

1 Misprint for *bruma*.   2 Misprint for *Interea*.

---

deferebat : q*uod* ipfe fugere exoptaba*m* : terris ‖ etenim
regnabat bruma : ad Auftrumq*ue* erat in voto co*n*tendere : ‖ [*Second page begins.*] nec minus venti flagitantib*us* fuccedeba*nt*. conftitui alios no*n* ope ‖ riri fucceffus :
et fic retrocedens ad portu*m* quenda*m* quem fignaue- ‖
ram fum reuerfus : vnde duos ho*mi*nes ex noftris in
terra*m* mifi : qui ‖ inueftigare*nt* effet ne Rex in ea
prouincia vrbefue alique. Hi per ‖ tres dies ambularunt inueneru*n*tq*ue* i*n*numeros populos *et* habita- ‖
tiones : paruas tam*e*n *et* abfq*ue* vllo regimine. quapropter
redierunt. ‖ Interea ego iam intellexeram a q*ui*bufdam
Indis quos ibide*m* fu- ‖ fcepera*m* quo*d* h*uju*smod*i* prouincia infula quide*m* erat : *et* fic perrexi ori ‖ entem
verfus eius femp*er* ftringe*ns* littora vfq*ue* ad miliaria.

cia : infula quidem || erat. *et* fic perrexi orient*em* ver-
fus: ei*us* femp*er* ftrin || gens littora vf*que* ad miliaria.
cccxxij. vbi ipf*ius* || infule funt extrema. hinc alia*m* infu-
la*m* ad orien- || tem profpexi: diftantem ab hac Iohana
milia- || ribus. liiij. qua*m* protinus Hifpanam dixi : in
ea*m*- || q*ue* co*n*ceffi: *et* direxi iter quafi p*er* Septentrio-
ne*m* || que*m*admodu*m* in Iohana ad orientem: miliaria ||
dlxiiij. que dicta Iohana *et* alie ibidem iufule[1] || q*uam*-
fertiliffime exiftunt. Hec multis atq*ue* tutiffi- || mis *et*
latis: nec alijs quos vnq*uam* viderim co*m*pa- || randis
portib*us*: eft circu*m*data. mult*i* maximi *et* || falubres
hanc interfluu*n*t fluuij. multi quoq*ue* et || emine*n*tiffimi
in ea funt montes. Om*n*es he infu || le funt pulcerrime

1 Misprint for *infule.*

verfus eius femp*er* ftringe*n*s littora vf*que* ad miliaria.
cccxxij || vbi ipfius inful*ae* funt extrema: hinc alia*m*
infulam ad oriente*m* pro || fpexi diftante*m* ab hac
Iohana miliarib*us*. liiij. qua*m* protinus Hifpa || nam
dixi: in eamq*ue* conceffi *et* direxi iter quafi per Septen-
trione*m* || quemadmodu*m* in Iohana ad orientem milia-
ria. dlxiiij. qu*ae* dicta || Iohana *et* ali*ae* ibidem inful*ae*
qua*m*fertiliffime exiftunt. H*ae*c multis || atq*ue* tutiffi-
mis *et* latis nec alijs quos vnq*uam* viderim compara*n*-
dis || portibus eft circundata. multi maximi *et* falubres
hanc interflu || unt fluuij. multi quoq*ue* *et* eminentiffimi
in ea funt montes. Om*n*es || h*ae* inful*ae* funt pulcher-
rim*ae* *et* varijs diftinct*ae* figuris: p*er*uiae: *et* ma- || xima
arbor*um* varietate fidera lambentiu*m* plen*ae*: quas

uincia infula quidem erat : *et* fic perrexi orientem ver-
fus eius fem- || per ftringens littora vf*que* ad miliaria
cccxxij vbi ipfius infule funt || extrema : hinc aliam in-
fulam ad oriente*m* pro*f*pexi diftantem ab hac || Ioana
miliaribus. liiij. qua*m* protinus Hifpanam dixi in ea*m*-
q*ue* co*n*- || ceffi *et* direxi iter quafi per Septentrionem
quemadmodum in Io || ana ad orientem miliaria. lxiiij.
que dicta Ioana *et* alie ibidem || infule quam fertiliffime
exiftunt. Hec multis atq*ue* tutiffimis *et* la || tis nec alijs
quos vnq*uam* viderim comparandis portubus eft circun ||
data multi maximi *et* falubres hanc interfluu*n*t fluuij
multi quoq*ue* || Et eminentiffimi in ea funt montes
Omnes he infule funt pulch || errime *et* varijs diftincte
figuris : peruie : *et* maxima arbor*um* varieta- || te fidera

---

cccxxii || vbi ipfius infule funt extrema : hinc alia*m* in-
fulam ad oriente*m* pro || fpexi diftante*m* ab hac Ioana
miliarib*us*. liiii. qua*m* protiuus[1] Hifpa || nam dixi : in
eamq*ue* conceffi *et* direxi iter quafi per Septentrione*m* ||
quemadmodum in Ioana ad oriente*m* miliaria. dlxiiii.
que dicta || Ioana *et* alie ibide*m* infule qua*m*fertiliffime
exiftunt. Hec multis atq*ue* || tutiffimis *et* latis nec aliis
quos vnq*uam* viderim co*m*parandis por- || tibus eft cir-
cundata. multi maximi *et* falubres hanc interfluunt ||
fluuii : multi quoq*ue* *et* eminentiffimi in ea funt montes.
Omnes || he infule funt pulcherrime *et* variis diftincte
figuris : pe*r*uie : *et* ma- || xima arbor*um* varietate fidera
lambentiu*m* plene : quas nunq*uam* foliis || priuari credo.

[1] Misprint for *protinus*.

et varijs diftincte figuris: pcr- || uie: *et* maxima arbo-
rum varietate fidera lamben || **tium** plene: q*uas* nu*n*-
q*uam* folijs priuari credo: quip- || pe vidi eas ita vire*n*tes
atq*ue* decoras: ceu me*n*fe || **Maio** i*n* hifpania fole*n*t
e*ſſ*e: q*uarum* alie flore*n*tes: **alie** || **fructuofe**: alie i*n* alio
ftatu: fecu*ndu*m vniufcuiufq*ue* q*u*ali || tate*m* vigeba*n*t:
garriebat philomena: *et* alij paffe || **res** varij ac i*n*nu-
meri: me*n*fe Noue*m*bris q*uo* ip*ſe* per || **eas** deambula-
ba*m*. Sunt p*r*eterea in dicta infula || [*Eighth page*
begins:] Iohana fepte*m* **vel octo** palmar*um* genera: q*ue*
p*r*oce || ritate *et* pulchritudi*n*e (quemadmodu*m* cetere
o*m*nes || arbores, herbe, fructufq*ue*) no*ſt*ras facile exupe-
ra*n*t || **Su*n*t** *et* mirabiles pin*us*, agri, *et* prata vaftiffima, ||
varie **aues, varie** mella, variaq*ue* metalla: ferro || ex-

nunq*uam* folijs || priuari credo. Quippe vidi **eas ita**
virentes atq*ue* decoras: ceu me*n* || fe Maio in Hifpania
folent effe: quar*um* ali*ae* flore*n*tes: ali*ae* fructuo- || fae:
ali*ae* **in** alio ftatu fecu*ndu*m vninfcuiufq*ue*[1] qualitate*m*
vigebant. garrie- || bat philomena *et* alij pafferes varij
ac i*n*numeri me*n*fe Nouembris || quo ipfe per eas
deambulaba*m*. Sunt p*r*eterea in dicta infula Ioha ||
na fepte*m* vel octo palmar*um* genera q*ue* proceritate
et pulchritu*d*ine || quemadmodu*m* c*ae*ter*ae* o*m*nes ar-
bores: herb*ae*: fructufq*ue* no*ſt*ras facile exu- || pera*n*t.
Su*n*t *et* mirabiles pin*us* agri *et* prata vaftiffima. vari*ae*
aues. || varia mélla. variaq*ue* metalla ferro excepto. In
ea aut*em* qua*m* Hifpa || nam fupra diximus nuncupari

1 Misprint for *vniufcuiufque*.

lambentium plene: quas nunq*uam* folijs priuari credo
Quip ‖ pe vidi eas ita virentes atq*ue* decoras: ceu
me*n*fe Maio in Hifpania ‖ fole*n*t effe: quar*um* alie
flore*n*tes: alie fructuose: alie in alio ftatu fec*un*d*u*m ‖
vniufcuiufq*ue* qualitate*m* vigebant. garriebat philomela
et alij paffe ‖ res varij ac in numeri menfe Nouembris
quo ipfe per eas deam- ‖ bulabam. Sunt p*re*terea in
dicta infula Ioana˙ fepte*m* vel octo pal- ‖ marum genera
q*ue* proceritate *et* pulchritudine quemadmodum ce- ‖ tere
omnes arbores: herbe fructufq*ue* noftras facile exuperant
Su*n*t ‖ *et* mirabiles pinus agri *et* prata vaftiffima. varie
aues. varia mella. ‖ variaq*ue* metalla ferro excepto. In
ea aut*em* quam Hifpanam fupra ‖ diximus nu*n*cupari
maximi funt montes ac pulchri. vafta rura ne- ‖ mora.

Quippe vidi eas ita virentes atq*ue* decoras ceu me*n* ‖ fe
Maio in Hifpania folent effe: quar*um* alie flore*n*tes: alie
fructuo- ‖ fe: alie in alio ftatu fec*un*d*u*m vniufcuiufq*ue*
qualitate*m* vigebant: garrie- ‖ bat philomela *et* alii paf-
feres varii ac i*n*numeri me*n*fe Nouembris ‖ quo ipfe
per eas deambulaba*m*. Sunt preterea in dicta infula
Ioa ‖ na fepte*m* vel octo palmar*um* genera q*ue* proceritate *et* pulchritudine ‖ que*m*admodu*m* cetere o*mn*es
arbores: herbe: fructufq*ue* n*o*ftras facile exu- ‖ pera*n*t. Su*n*t *et* mirabiles pin*us* agri *et* prata vaftiffima:
varie aues: ‖ varia mella: variaq*ue* metalla ferro excepto. In ea aut*em* qua*m* Hifpa ‖ nam fupra dixi-
m*us* nuncupari maximi funt mo*n*tes ac pulchri: va ‖
fta rura. nemora. campi feraciffimi feri pafciq*ue* *et con*-

cepto.   In ea aut*em* qua*m* Hifpana*m* fupra dixim*us* ||
nu*n*cupari: maximı funt mo*n*tes ac pulcri: vafta || rura,
nemora, campi feraciffimi, feri, pacifq*ue*[1] *et* || co*n*dendis
edificijs aptiffimi.   Portuu*m* in hac in || fula co*m*modi-
tas: *et* pr*e*ftantia fluminu*m* copia falu || britate admixta
homi*nu*m: q*uod* nifi quis viderit: cre- || dulitate*m* fu-
p*er*at.   Huius arbores pafcua *et* fruct*us* || multum ab
illis Iohane differu*n*t.   Hec p*r*eterea || Hifpana diuerfo
aromatis genere, auro, me- || tallifq*ue* abundat. cui*us*
quide*m* *et* o*mn*iu*m* aliar*um* quas || ego vidi: *et* quar*um*
cognitione*m* habeo: i*n*cole vtri || ufq*ue* fexus nudi fem-
p*er* incedu*n*t: que*m*admodum || edunt*ur* in lucem. pre-
ter aliquas feminas. q*ue* fo- || lio frondeue aliq*ua*: aut

1 Misprint for *pafcique.*

---

maximi funt mo*n*tes ac pulchri. va || fta rura nemora.
campi feraciffimi feri pafciq*ue* *et* co*n*dendis aedifici- ||
is aptiffimi.   Portuu*m* in hac infula co*m*moditas *et* pre-
ftantia flumi || nu*m* copia falubritate admixta homi-
*nu*m: q*uod* nifi quis viderit: credulita || te*m* fuperat.
Hui*us* arbores pafcua *et* fruct*us* multu*m* ab illis Ioha-
n*ae* || differunt.   H*ae*c preterea Hifpana diuerfo aro-
matis genere. auro. || [*Third page begins:*] metallisq*ue*
abundat. cuius quidem *et* o*mn*ium aliar*um* quas ego vidi
et || quar*um* cognitione*m* habeo incol*ae* vtriufq*ue* fexus
nudi femper ince- || dunt que*m*admodu*m* edunt*ur* in lu-
cem: pr*ae*ter aliquas feminas: q*ue* fo- || lio frondeue ali-
qua aut bombicino velo pudenda operiunt: q*uod* || ipf*ae*
fibi ad id negocij parant.   Carent ij o*mn*es (vt fupra dixi)

campi feraciſſimi feri paſciqꝰ *et* *con*dendis edificijs ap-
tiſſimi. || Portuum in hac inſula co*m*moditas *et* preſtan-
tia. fluminum copia || ſalubritate admixta hominum :
q*uod* niſi quis viderit: credulitate*m* ſu- || perat. Hui*us*
arbores paſcua *et* fructus multu*m* ab illis Ioane dif- ||
ferunt. Hec preterea Hiſpana diuerſo aromatis genere.
auro. me- || talliſq*ue* abundat. cuius quidem *et* omnium
aliar*um* quas ego vidi *et* || quar*um* cognitionem habeo
incole vtriuſq*ue* ſexus nudi ſemp*er* incedu*n*t || que*m*ad-
modum edunt*ur* in lucem : preter aliquas feminas: q*ue*
folio fro*n* || deue aliqua aut bombicino velo pudenda
operiunt q*uod* ipſe ſibi ad || id negocij para*n*t. Carent
ij omnes vt ſupra dixi quocu*m*q*ue* genere ſer || ri carent
et armis vtpote ſibi ignotis nec ad ea ſunt apti. non

---

dendis edifici || is aptiſſimi. Portuu*m* in hac inſula
co*m*moditas *et* preſtantia flumi || nu*m* copia ſalubritate
admixta ho*m*in*u*m : q*uod* niſi quis viderit : credulita ||
te*m* ſuperat. Hui*us* arbores paſcua *et* fructus multu*m*
ab illis Ioane || [*Third page begins :*] differunt. Hec
preterea Hiſpana diuerſo aromatis genere. auro. || me-
talliſq*ue* abundat. cuius quidem *et* om*n*ium aliar*um*
quas ego vidi *et* || *et* quar*um* cognitione*m* habeo incole
vtriuſq*ue* ſexus nudi ſemper ince || dunt que*m*admodu*m*
edunt*ur* in lucem : preter aliquas feminas: q*ue* fo- ||
lio frondeue aliqua aut bombicino velo pudenda ope-
riunt: q*uod* || ipſe ſibi ad id negocii parant. Carent ii
om*n*es (vt ſupra dixi) quo- || cu*m*q*ue* genere ferri.
care*n*t *et* armis vtpote ſibi ignotis nec ad ea ſu*n*t ||

bombicino velo: puden- ‖ da operiunt: quod ipfe fibi
ad id negocij parant. Ca ‖ rent hi omnes (vt fupra
dixi) quocunque genere ‖ ferri. carent et armis: vtpote
fibi ignotis nec ad ‖ ea funt apti. non propter corporis
deformitatem (cum fint ‖ bene formati) fed quia funt
timidi ac pleni formidine. ‖ geftant tamen pro armis
arundines fole peruftas: in quarum ‖ radicibus haftile
quoddam ligneum ficcum et in mucro ‖ nem attenuatum
figunt: neque his audent iugiter vti: nam ‖ [*Tenth page
begins:*] fepe euenit cum miferim duos vel tris homines ‖
ex meis ad aliquas villas: vt cum earum loqueren- ‖
tur incolis: exijffe agmen glomeratum ex Indis: ‖ et
vbi noftros appropinquare videbant: fugam ‖ celeriter
arripuiffe: defpretis a patre liberis et ‖ econtra. et hoc

quo- ‖. cumque genere ferri. carent et armis vtpote fibi
ignotis nec ad ea funt ‖ apti: non propter corporis deformitatem cum fint bene formati: fed ‖ quia funt
timidi ac pleni formidine. geftant tamen pro armis arun-
di- ‖ nes fole peruftas: in quarum radicibus haftile
quoddam ligneum ficcum et ‖ in mucronem attenuatum figunt: neque iis audent iugiter vti: nam fae ‖ pe
euenit cum miferim duos vel tris homines ex meis ad
aliquas vil- ‖ las vt cum earum loquerentur incolis: exijffe agmen glomeratum ex In ‖ dis: et vbi noftros
appropinquare videbant fugam celeriter arripuif- ‖ fe
defpretis a patre liberis et econtra. et hoc non quod cuipiam eorum dam ‖ num aliquid vel iniuria illata fuerit:
immo ad quofcumque appuli et qui- ‖ bus cum verbum

prop || ter corporis deformitatem cum fint bene formati: fed quia funt ti- || midi ac pleni formidine. geftant tamen pro armis arundines fole || peruftas: in quarum radicibus haftile quoddam ligneum ficcum et || in mucronem attenuatum figunt: neque ijs audent iugiter vti: nam || fepe euenit cum miferim duos vel tres homines ex meis ad aliquas vil- || las vt cum earum loquerentur incolis: exijffe agmen glomeratum ex In || dis: et vbi noftros appropinquare videbant fugam celeriter arripuif- || [*Third page begins*:] fe defpretis a patre liberis et econtra. et hoc non quod cuipiam eorum dam || num aliquid vel iniuria illata fuerit: immo ad quofcumque appuli et qui || bus cum verbum facere potui: quicquid habebam fum elargitus: pan || num aliaque permulta

apti: non propter corporis deformitatem cum fint bene formati: fed || quia funt timidi ac pleni formidine. geftant tamen pro armis arundi- || nes fole peruftas: in quarum radicibus haftile quoddam ligneum ficcum et || in mucronem attenuatum figunt. neque iis audent iugiter vti: nam fe || pe euenit cum miferim duos vel tris homines ex meis ad aliquas vil || las vt cum earum loquerentur incolis: exiiffe agmen glomeratum ex In || dis: et vbi noftros appropinquare videbant fugam celeriter arripuif- || fe defpretis a patre liberis et econtra. et hoc non quod cuipiam eorum dam || num aliquid vel iniuria illata fuerit: immo ad quofcumque appuli et qui || bus cum verbum facere potui: quicquid habebam fum elargitus: pan || num aliaque permulta nulla

non quod cuipiam eorum damnum aliquid ‖ vel iniuria
illata fuerit: immo ad quofcumque ap ‖ puli et quibus
cum verbum facere potui: quicquid ha ‖ bebam fum
elargitus: pannum aliaque permulta: nulla ‖ mihi facta
verfura: fed funt natura pauidi ac ‖ timidi. Ceterum
vbi fe cernunt tutos: omni metu re ‖ pulfo: funt ad
modum fimplices ac bone fidei: et ‖ in omnibus que
habent liberaliffimi: roganti quod ‖ poffidet inficiatur
nemo: quin ipfi nos ad id po- ‖ fcendum inuitant.
Maximum erga omnes amorem pre- ‖ fe ferunt: dant
queque magna pro paruis. minima licet ‖ re nihiloue
contenti: ego attamen prohibui ne tam mi ‖ nima et
nullius precij hifce darentur: vt funt lancis, ‖ parapfidum, vitrique fragmenta, jtem claui, ligule, ‖ quanquam

---

facere potui: quicquid habebam fum elargitus. pan ‖
num aliaque permulta nulla mihi facta verfura: fed
funt natura pa ‖ uidi ac timidi. Ceterum vbi fe cernunt tutos omni metu repulfo: funt ‖ admodum fimplices ac bonae fidei et in omnibus quae habent libera-
liffi- ‖ mi: roganti quod poffidet inficiatur nemo: quin
ipfi nos ad id pofcen ‖ dum inuitant. Maximum erga
omnes amorem prae fe ferunt: dant quaeque ma ‖ gna
pro paruis: minima licet re nihiloue contenti. ego attamen prohibui ne ‖ tam minima et nullius precij hifce darentur: vt funt lancis. parapfidum. ‖ vitrique fragmenta.
item claui ligulae: quanquam fi hoc poterant adipifci ‖
videbatur eis pulcherrima mundi poffidere iocalia.
Accidit. enim. quen- ‖ dam nauitam tantum auri pon-

nulla michi facta verfura : fed funt natura || pauidi ac
timidi. Ceter*um* vbi fe cernunt tutos omni metu re-
pulfo : || funt admodum fimplices ac bone fidei *et* in
omnib*us* que habent li || beralifimi : roganti q*uo*d poffi-
det inficiat*ur* nemo : quin ipfi nos ad id || pofcendum
inuitant Maximum erga omnes amorem pre fe feru*n*t ||
Dant queq*ue* magna pro paruis : minima licet re nichi-
loue co*n*tenti. || ego attamen prohibui ne tam minima
et nullius precij hifce dare*n* || tur : vt funt lancis parap-
fidum. vtriq*ue*[1] fragmenta. item claui ligu- || le : quan-
q*uam* fi hoc poterant adipifci videbat*ur* eis pulcher-
rima mun- || di poffidere iocalia Accidit. *enim*, que*n*dam
nauitam tantum auri pon || dus habuiffe pro vna ligula

1 Misprint for *vitrique*.

---

mihi facta verfura : fed funt natura pa || uidi ac timidi.
Ceter*um* vbi fe cernunt tutos o*mn*i metu repulfo :
funt || admodum fimplices ac bone fidei *et* in o*mn*ib*us*
que habe*n*t liberalifi || mi : roganti q*uo*d poffidet infici-
at*ur* nemo : quin ipfi nos ad id pofce*n* || du*m* inuita*n*t.
Maximu*m* erga o*mn*es amore*m* pre fe ferunt : dant
queq*ue* ma || gna pro paruis : minima *licet* re nihiloue
co*n*tenti. ego attame*n* p*ro*hibui ne || ta*m* mini*m*a *et*
nulli*us* precii hifce darent*ur* : vt funt lancis. parapfi-
du*m*. || vitriq*ue* fragmenta. ite*m* claui ligule. quanq*uam*
fi hoc potera*n*t adipifci || videbat*ur* eis pulcherrima
mu*n*di poffidere iocalia. Accidit. *enim*. que*n* || dam
nauitam tantu*m* auri po*n*dus habuiffe pro vna ligula
quanti || funt tres aurei folidi. *et* fic alios pro aliis

fi hoc poterant adipifci: videbatur eis pul ‖ cerrima
mundi poffidere iocalia. Accidit enim ‖ quendam
nauitam: tantum auri pondus habuiffe ‖ pro vna ligula:
quanti funt tres aurei folidi: et fic ‖ alios pro alijs minoris precij: prefertim pro blanquis no ‖ uis: et quibufdam nummis aureis: pro quibus habendis da ‖ bant
quicquid petebat venditor: puta vnciam cum dimi ‖
dia et duas auri: vel triginta et quadraginta bombicis ‖
[*Eleventh page begins:*] pondo: quam ipfi iam nouerant.
jtem arcuum, ampho ‖ re, hydrie, dolijque fragmenta:
bombice et auro tam ‖ quam beftie comparabant. quod
quia iniquum fane erat: ‖ vetui: dedique eis multa
pulcra et grata que mecum ‖ tuleram nullo interueniente
premio: vt eos mihi fa- ‖ cilius conciliarem: fierentque

---

dus habuiffe pro vna ligula quanti ‖ funt tres aurei folidi. et fic alios pro alijs minoris precij: prefertim ‖ pro
blanquis nouis: quibufdam nummis aureis: pro quibus
habendis da ‖ bant quicquid petebat venditor: puta
vnciam cum dimidia et duas ‖ auri: vel triginta et
quadraginta bombicis pondo: quam ipfi iam ‖ nouerant. item arcuum. amphorae. hydre. doliique fragmenta
bom ‖ bice et auro tanquam beftiae comparabant. quod
quia iniquum fane ‖ erat vetui: dedique eis multa pulchra et grata que mecum tuleram nullo ‖ interueniente
premio: vt eos mihi facilius conciliarem fierentque
Christicolae ‖ [*Fourth page begins:*] et vt fint proni in
amorem erga Regem Reginam principemque no- ‖
ftros et vniuerfas gentes Hifpaniae ac ftudeant perqui-

quanti funt tres aurei folidi *et* fic alios ‖ pro alijs minoris precij prefertim pro blanquis nouis: quibufdam
num ‖ mis aureis: pro quibus habendis dabant quicquid petebat vendi ‖ tor: puta vnciam cum dimidia *et*
duas auri: vel triginta *et* quadragin ‖ ta bombicis pondo: quam ipfi iam neuerant[1] item arcum. ampho ‖ re.
hijdre. dolijque fragmenta bombice *et* auro tanquam
beftie compara ‖ bant. quod quia iniquum fane erat
vetui: dedique eis multa pulchra ‖ *et* grata que mecum
tuleram nullo interueniente premio: vt eos michi fa- ‖
cilius conciliarem fierentque *Christi*cole *et* vt fint proni
in amorem erga ‖ Regem Reginam principemque noftros *et* vniuerfas gentes Hif- ‖ panie ac ftudeant per-

[1] Misprint for *nouerant.*

---

minoris precii: prefertim ‖ pro blanquis nouis: quibufdam nummis aureis: pro quibus habendis da ‖
bant quicquid petebat venditor: puta vnciam cum
dimidia *et* duas ‖ auri: vel triginta *et* quadraginta
bombicis pondo: quam ipfi iam ‖ nouerant. item
arcuum. amphore. hydrie. doliique fragmenta bom ‖
bice *et* auro tanquam beftie comparabant. quod quia
iniquum fane ‖ [*Fourth page begins:*] erat vetui:
dedique eis multa pulchra *et* grata que mecum tuleram
nul ‖ lo interueniente premio. vt eos mihi facilius
conciliarem fierentque ‖ *Christi*cole *et* vt fint proni
in amorem erga Regem Reginam principemque ‖
noftros *et* vniuerfas gentes Hifpanie ac ftudeant perqui-
rere co- ‖ aceruare eaque nobis tradere quibus ipfi

*Chrift*icole: *et* vt fint proni in ‖ amore*m* erga Rege*m* Regina*m* principefq*ue* noftros ‖ et vniuerfas ge*n*tes Hifpanie: ac ftudea*nt* p*er*q*uire*- ‖ re *et* coaceruare: eaq*ue* nobis tradere q*uibus* ipf*i* af- ‖ fluu*nt* *et* nof mag- nop*er*e i*n*digem*us*. Nulla*m* hij noru*nt* ‖ y*d*olatria*m*: i*m*mo firmiffime credu*nt* om*ne*m vim: om*ne*m ‖ pote*n*- tia*m*: o*m*nia deniq*ue* bona effe i*n* celo: meq*ue* inde ‖ cu*m* his nauib*us* *et* nautif defce*n*diffe: atq*ue* ho*c* a*n*i*m*o vbi ‖ fui fufceptus poftq*uam* metu*m* repulera*nt*. Nec funt ‖ fegnes aut rudes: quin fummi ac p*er*fpicacis in- ‖ genij: *et* ho*m*i*n*es qui tranffreta*nt* mare ill*u*d: no*n* fine ‖ admiratio*n*e vniufcuiufq*ue* rei ratione*m* red- dunt: ‖ fed nu*n*q*uam* viderunt gentes veftitas: neq*ue* naues ‖ h*uju*smo*d*i Ego ftatim atq*ue* ad mare ill*u*d p*er*-

rere: coacer ‖ uare eaq*ue* nobis tradere quib*us* ipfi affluunt *et* nos magnopere in ‖ digemus. Nullam ij norunt hydolatriam: i*m*mo firmiffime credu*nt* ‖ omnem vim: o*m*nem potentiam: o*m*nia deniq*ue* bona effe in coelo: meq*ue* ‖ inde cum his nauibus *et* nautis defce*n*- diffe: atq*ue* hoc animo vbiq*ue* ‖ fui fufceptus poftq*uam* metum repulerant. Nec funt fegnes aut ru- ‖ des: quin fummi ac perfpicacis ingenij: *et* homines qui tranf- fre- ‖ tant mare illud no*n* fine admiratio*n*e vniufcuiu- fq*ue* rei ratione*m* red- ‖ dunt: fed nunq*uam* videru*nt* gentes veftitas neq*ue* naues h*uju*smo*d*i. Ego ‖ ftatim atq*ue* ad mare illud perueni *e* prima infula quofda*m* Indos ‖ violenter arripui: qui edifcerent a nobis *et* nos pariter docerent ‖ ea: quor*um* ipfi in ijfce partibus cog-

quirere : coaceruare eaq*ue* nobis tradere quib*us* ‖ ipfi
affluunt *et* nos magnopere indigemus   Nulla*m* ij norunt
hijdo ‖ latriam : i*m*mo firmiffime credunt omnem vim :
omnem potentiam ‖ omnia deniq*ue* bona effe in coelo :
meq*ue* inde cu*m* his nauibus *et* nau ‖ tis defcendiffe :
atq*ue* hoc animo vbiq*ue* fui fufceptus poftq*uam* metum ‖
repulerant   Nec funt fignes[1] aut rudes : quin fummi ac
perfpicacis ‖ ingenij : *et* homines qui tranffretant mare
illud non fine admirati ‖ one vnifcuiufq*ue*[2] rei ratione
reddu*n*t : fed nunq*uam* videru*n*t gentes vefti- ‖ tas neq*ue*
naues h*uju*smo*d*i   Ego ftatim atq*ue* ad mare illud perueni e pri ‖ ma infula quofda*m* Indos violenter arripui.
qui edifcerent a nobis ‖ *et* nos pariter docere*n*t ea : quo-

[1] Misprint for *fegnes.*   [2] Misprint for *vniufcuiufque.*

affluunt *et* nos magnope ‖ re indigemus.   Nullam ii
norunt idolatriam : i*m*mo firmiffime cre ‖ du*n*t o*mn*em
vim : o*mn*em potentiam : o*mn*ia deniq*ue* bona effe in
celo : meq*ue* ‖ inde cum his nauibus *et* nautis defce*n*-
diffe : atq*ue* hoc animo vbiq*ue* ‖ fui fufceptus poftq*uam*
metum repulerant.   Nec funt fegnes aut ru- ‖ des :
quin fummi ac perfpicacis ingenii : *et* homines qui tranf-
fre- ‖ tant mare illud no*n* fine admiratio*n*e vniufcuiuf-
q*ue* rei ratione*m* red- ‖ dunt : fed nunq*uam* videru*n*t
gentes veftitas neq*ue* naues h*uju*smo*d*i.   Ego ‖ ftatim
atq*ue* ad mare illud perueni e prima infula quofda*m*
Indos ‖ violenter arripui : qui edifcerent a nobis *et* nos
pariter docerent ‖ ea quor*um* ipfi in iifce partibus cog-
nitionem habebant : *et* ex voto ‖ fucceffit : nam breui

ueni: e pri || ma insula quosdam Indos violenter arripui: qui || edifcerent a nobis: *et* nos pariter docerent ea: quorum || ipfi in hifce partibus cognitionem habebant. et || ex voto fucceffit: nam breui nos ipfos: *et* hij nos: || tum geftu ac fignis: tum verbis intellexerunt. || magnoque nobis fuere emolumento. veniunt modo || mecum *tamen* qui femper putant me defiluiffe e celo || quamuis diu nobifcum verfati fuerint hodieque ver- || [*Twelfth page begins:*] fentur. *et* hi erant primi: qui id quocunque appellaba || mus nunciabant: alij deinceps alijs elata voce || dicentes. Uenite venite *et* videbitis gentes ethe || reas. Quamobrem tam femine quam viri: tam impuberes || quam adulti: tam iuuenes quam fenes: depofita formi || dine paulo ante *concepta:*

---

nitionem habebant. *et* ex voto || fucceffit: nam breui nos ipfos *et* ij nos tum geftu ac fignis tum || verbis intellexerunt: magnoque nobis fuere emolumento: veniunt || modo mecum: qui femper putant me defiluiffe e coelo: quamuis diu || nohifcum [1] verfati fuerint hodieque verfentur. *et* ij erant primi qui || id quocunque appellabamus nuntiabant: alij deinceps alijs ela- || ta voce dicentes: Uenite venite *et* videbitis gentes aethereas. Quam || ob rem tam feminae quam viri : tam impuberes quam adulti: tam iuuenes || quam fenes depofita formidine paulo ante *concepta* nos certatim vife || bant magna iter ftipante caterua alijs cibum alijs potum affe- || rentibus maximo cum amore

1 Misprint for *nobifcum.*

rum ipfi in ifce partib*us* cognitione*m* ha- || bebant. *et*
ex voto fucceffit: nam breui nos ipfos *et* ij nos tum
geftu || ac fignis tum verbis intellexerunt: magnoq*ue*
nobis fuere emolu- || mento: veniunt modo mecum:
qui femper putant me defiluiffe de || coelo: qu*am*uis
diu nobifcum verfati fuerint hodieq*ue* verfent*ur*: *et* ij
era*n*t || primi qui id quocunq*ue* appellabam*us* nuntia-
ba*n*t: alij deinceps alijs || elata voce dice*n*tes.   Uenite
venite *et* videbitis ge*n*tes ethereas   Qua*m* || [*Fourth page
begins :*]   ob rem tam femine q*uam* viri: tam impuberes
q*uam* adulti: tam iuuenes || q*uam* fenes. depofita for-
midine paulo ante concepta nos certatim vife || bant
magna inter[1] ftipante caterua alijs cibum alijs potum

1 Misprint for *iter*.

---

nos ipfos: *et* ii nos tum geftu ac fignis: tum || verbis
intellexerunt: magnoq*ue* nobis fuere emolumento: ve-
niu*n*t || modo mecum qui femper putant me defiluiffe e
celo: qua*m*uis diu || nobifcum verfati fuerint hodieq*ue*
verfentur. et ii erant primi qui || id quocunq*ue* appella-
bamus nuntiabant: alii deinceps aliis ela- || ta voce di-
centes: Uenite venite *et* videbitis ge*n*tes ethereas.
Qua*m* || ob rem tam femine q*uam* viri: tam impuberes
q*uam* adulti: ta*m* iuuenes || q*uam* fenes depofita for-
midine paulo ante *con*cepta nos certatim vife || bant
magna iter ftipante caterua: aliis cibum: aliis potum
affe- || rentibus maximo cum amore ac beniuolentia in-
credibili.   Habet || vnaqueq*ue* infula multas fcaphas
folidi ligni: *et* fi anguftas. lon- || gitudine ta*m*en ac for-

nos certatim vifeba*nt* || magna iter ftipa*nte* caterua alijs cibu*m*, alijs po || tum afferentib*us*: maxi*mo* cu*m* amore àc beniuole*n*- || tia incredibili. Hab*et* vnaqueque infula multas || fcaphas folidi ligni: *et* fi anguftas: longitudine || ta*men* ac forma noftris biremib*us* fimiles: curfu aut*em* || velociores. Regunt*ur* remis tantu*m*modo. Haru*m* || queda*m* funt magne: queda*m* parue: queda*m* i*n* me- || dio *con*fiftunt. Plures tame*n* biremi que remige*nt* || duodeuiginti tranftris maiores: cu*m* q*ui*bus in o*m*nes || illas infulas: que innumere funt: traijcit*ur*. cu*m*q*ue* || his fua*m* mercatura*m* exer-ce*nt*: et inter eos comer- || tia fiunt. Aliquas ego haru*m* biremium feu fca- || pharu*m*: vidi q*ue* veheba*nt* feptuaginta *et* octuagin || ta remiges. In omnib*us* his

---

ac beniuolentia incredibili. Habet || vnaquequ*e* infula multas fcaphas folidi ligni: *et* fi anguftas lon- || gitudine ta*men* ac forma noftris biremibus fimiles: curfu aut*em* velo- || ciores. Reguntur remis tantu*m*modo. Haru*m* qu*ae*deda*m* funt magn*ae*: || qu*ae*dam paru*ae*: qu*ae*dam in medio confiftu*nt*. Plures tame*n* biremi quae || remiget duodeuiginti tranftris maiores: cu*m* quibus in o*m*nes illas || infulas: quae innumer*ae* funt: traijcitur. cumqu*e* ijs fuam mercatu- || ram exercent *et* inter eos comertia fiunt. Aliquas ego harum bi- || remiu*m* feu fcaparu*m* vidi q*ue* vehebant feptuaginta *et* octuaginta re || miges. In omnibus ijs infulis nulla eft diuerfitas inter gentis || effigies: nulla in moribus· atqu*e* loquela: quin o*m*nes fe intelligunt || [*Fifth page*

affe- || rentibus maximo cum amore ac beniuolentia in-
credibili. Habet || vnaque*que* Infula multas fcaphas
folidi ligni: *et* fi anguftas longi || tudine tamen ac forma
noftris biremibus fimiles: curfu autem ve || lociores.
reguntur remis tantummodo. Har*um* quedam funt
magne || quedam parue: quedam in medio confiftunt.
Plures *tamen* biremi || que remiget duodeuiginti tra*n*-
ftris maiores: cum quibus in omnes || illas infulas: que
innumere funt: traijcitur cumq*ue* ijs fuam merca || tu-
ram exercent *et* inter eos comertia fiunt. Aliquas ego
harum bi- || remium feu fcapharum vidi q*ue* vehebant
feptuagi*n*ta *et* octuaginta || remiges. In omnibus ijs
infulis nulla eft diuerfitas inter gentis || effigies: nulla
in moribus atq*ue* loquela: quin omnes fe intelligunt ||

---

ma noftris biremibus fimiles: curfu aut*em* velo- || cio-
res. Reguntur remis tantu*m*modo. Har*um* queda*m*
funt magne: || quedam parue: queda*m* in medio con-
fiftu*n*t. Plures *tamen* biremi que || remiget duodeui-
ginti tranftris maiores: cu*m* quibus in om*n*es illas ||
infulas: que innumere funt: traiicitur. cumq*ue* iis fuam
mercatu- || ram exercent *et* inter eos comertia fiunt.
Aliquas ego harum bi- || remiu*m* feu fcaphar*um* vidi
q*ue* vehebant feptuaginta *et* octuaginta re || [*Fifth page
begins:*] miges. In omnibus iis infulis nulla eft diuer-
fitas inter gentis || effigies: nulla in moribus atq*ue* lo-
quela: quin om*n*es fe intelligunt || adinuicem: que res
perutilis eft ad id q*uod* fereniffimos Reges no || ftros ex-
optare precipue reor: *fcilicet* eorum ad fa*n*ctam *Chrift*i

infulis nulla eft di- || uerfitas inter gentis effigies. nulla
in moribus || atque loquela : quin omnes fe intelligunt
adinuicem : || que res perutilis eft ad id quod fereniffi-
mum Regem || noftrum exoptare precipue reor : fcilicet
eorum ad fan || ctam Chrifti fidem conuerfionem. cui
quidem quantum || intelligere potui facilimi funt et
proni. Dixi quem- || [Thirteenth page begins:] admo-
dum fum progreffus antea infulam Iohanam || per rec-
tum tramitem occafus in orientem miliaria || cccxxij. fe-
cundum quam viam et interuallum itineris poffum ||
dicere hanc Iohanam effe maiorem Anglia et Sco || tia
fimul : nanque vitra dicta. cccxxij. paffuum milia : || in
ea parte que ad occidentem profpectat : due : quas ||
non petij : fuper funt prouincie : quarum alteram Indi ||

---

begins:] adinuicem : quae res perutilis eft ad id quod
fereniffimum Regem noftrum || exoptare praecipue
reor : fcilicet eorum ad fanctam Chrifti fidem conuer-
fionem. || cui quidem quantum intelligere potui facil-
limi funt et proni. Dixi || quemadmodum fum pro-
greffus antea infulam Iohanam per rectum || tramitem
occafus in orientem miliaria. cccxxij. fecundum quam
viam et || interuallum itineris poffum dicere hanc
Iohanam effe maiorem || Anglia et Scotia fimul : nam-
que vltra dicta. cccxxij. paffuum milia in || ea parte
quae ad occidentem profpectat duae : quas non petij :
fuper || funt prouinciae : quarum alteram Indi Anan
vocant cuius accolae cau || dati nafcuntur. Tenduntur
in longitudinem ad miliaria. clxxx. vt || ab his quos veho

ad inuicem: que res perutilis eſt ad id *quod* fereniſſimo-
ru*m* Regu*m* noſ ‖ trorum exoptare precipue reor:
ſcilicet eorum ad ſanctam *Chriſt*i fidem con- ‖ uerſio-
nem cui *quidem* quantum intelligere potui facilimi funt
et pro ‖ ni Dixi quemadmodum ſum progreſſus antea
inſulam Ioanam ‖ per rectum tramitem occaſus in orientem millaria[1] cccxxij. in qua*m* ‖ viam *et* interuallum
itineris poſſum dicere hanc Ioana*m* eſſe maio ‖ rem
Anglia *et* Scotia ſimul: na*m*que vltra dicta cccxxij. paſſuu*m* milia i*n* ‖ ea parte que ad occidentem proſpectat
due. quas non petij: ſup*er* ſu*n*t ‖ prouincie: quaru*m*
alteram Indi Anan vocant cuius accole caudati ‖ naſcuntur. Tendunt*ur* in longitudine*m* ad miliaria. clxxx.

[1] Misprint for *miliaria*.

---

fidem *con*uerſio- ‖ nem. cui *qui*dem quantu*m* intelligere
potui facillimi ſunt et proni. ‖ Dixi que*m*admodu*m* ſum
progreſſus antea inſulam Ioanam per re ‖ ctum tramitem occaſus in orientem miliaria. cccxxii. *ſecundu*m
qua*m* via*m* ‖ *et* interuallum itineris poſſum dicere hanc
Ioanam eſſe maiore*m* ‖ Anglia *et* Scotia ſimul. na*m*que
vltra dicta. cccxxii. paſſuu*m* milia in ‖ ea parte que ad
occidentem proſpectat due: quas no*n* petii: ſuper ‖
ſunt prouincie: quaru*m* altera*m* Indi Anan vocant cuius accole cau ‖ dati naſcuntur. Tendunt*ur* in longitudine*m* ad miliaria. clxxx. vt ‖ ab his quos veho
mecu*m* Indis percepi: qui o*mn*is has callent inſu- ‖
las. Hiſpane v*er*o ambit*us* maior eſt tota Hiſpania
a Colonia vſq*ue* ‖ ad fontem rabidum Hincq*ue* fa-

Anan vocant: cuius accole caudati nafcuntur. Ten ‖
duntur in longitudinem ad miliaria. clxxx. vt ab ‖ his
quos veho mecum Indis percepi: qui omnis has ‖ callent infulas.   Hifpane vero ambitus maior eft ‖ tota
Hifpania a cologna vfque ad fontem rabidum ‖ Hincque facile arguitur quod quartum eius latus quod ipfe ‖
per rectam lineam occidentis in orientem traieci: mili ‖
aria continet. dxl.   Hec infula eft affectanda et affe- ‖
ctata non fpernenda in qua et fi aliarum omnium vt
dixi ‖ pro inuictiffimo Rege noftro folenniter poffeffio- ‖
nem accepi: earumque imperium dicto Regi peni- ‖ tus
committitur: in oportuniori tamen loco: atque omni
lu ‖ cro et commertio condecenti: cuiufdam magne
ville: ‖ cui Natiuitatis domini nomen dedimus: poffef-

---

mecum Indis percepi: qui omnis has callent infu- ‖
las.   Hifpanae vero ambitus maior eft tota Hifpania a
Colonia vfque ‖ ad fontem rabidum.   Hincque facile
arguitur quod quartum eius latus ‖ quod ipfe per rectam lineam occidentis in orientem traieci miliaria ‖
continet. dxl.   Haec infula eft affectanda et affectata
non fpernenda ‖ in qua et fi aliarum omnium vt dixi
pro inuictiffimo Rege noftro folen ‖ niter poffeffionem
accaepi: earumque imperium dicto Regi penitus ‖
committitur: in oportuniori tamen loco atque omni
lucro et commercio ‖ condecenti cuiufdam magnae
villae: cui Natiuitatis domini nomen de- ‖ dimus: poffeffionem peculiariter accepi: ibique arcem quandam ‖
erigere extemplo iuffi: quae modo iam debet effe per-

vt ab his || quos veho mecum Indis percepi: qui om-
nis has callent infulas. || Hifpane vero ambitus maior
eft toto Hifpania a Colonia vfque ad || fontem rabidum
Hincque facile arguitur quod quartum eius latus quod
ip || fe per rectam lineam occidentis in orientem tra-
ieci miliaria conti- || net. dxl. Hec infula eft affectanda
et affectata non fpernenda in qua || et fi aliarum om-
nium vt dixi pro inuictiffimo Rege noftro folenniter ||
poffeffionem accepi: earumque imperium dicto Regi
penitus committi || tur: in oportuniori tamen loco at-
que omni lucro et commertio condecen || ti cuiufdam
magne ville: cui Natiuitatis domini nomen dedimus:
pof || feffionem peculiariter accepi ibique arcem quan-
dam erigere ex tem || plo iuffi que modo iam debet effe

---

cile arguitur quod quartum eius latus || quod ipfe
per rectam lineam occidentis in orientem traieci mi-
liaria || continet. dxl. Hec infula eft affectanda et
affectata non fpernenda || in qua et fi aliarum om-
nium vt dixi pro inuictiffimo Rege noftro folen ||
niter poffeffionem accepi: earumque imperium dicto
Regi penitus || committitur: in oportuniori tamen loco
atque omni lucro et commertio || condecenti cuiufdam
magne ville: cui Natiuitatis domini nomen de- || di-
mus: poffeffionem peculiariter accepi: ibique arcem
quandam || erigere extemplo iuffi: que modo iam debet
effe peracta: in qua ho || mines qui neceffarii funt vifi
cum omni armorum genere et vltra an || num victu
oportuno reliqui. Item quandam carauellam et pro

fionem || peculiariter accepi. ibique arcem quandam
eri- || gere extemplo iuffi: que modo iam debet effe ||
peracta: in qua homines qui neceffarij funt vifi: cum ||
omni armorum genere: et vltra annum victu oportu ||
no reliqui. Item quandam carauellam: et pro alijs
conftruen || dis tam in hac arte quam in ceteris peritos:
ac eiufdem || [*Fifteenth page begins:*] infule Regis erga
nos beniuolentiam et familia || ritatem incredibilem.
Sunt enim gentes ille amabiles || admodum et benigne:
eo quod Rex predictus me fra || trem fuum dici gloria-
batur. Et fi animum reuoca || rent: et his qui in arce
manferunt nocere velint: ne || queunt: quia armis ca-
rent: nudi incedunt: et nimium || timidi. ideo dictam
arcem tenentes: duntaxat poffunt || totam eam infulam

---

acta: in qua ho || mines qui neceffarij funt vifi cum
omni armorum genere et vltra an || num victu oportuno
reliqui. Item quandam carauellam et pro alijs || con-
ftruendis tam in hac arte quam in caeteris peritos: ac
ciufdem in- || fulae Regis erga eos beniuolentiam et
familiaritatem incredibilem || Sunt enim gentes illae
amabiles admodum et benignae: eo quod Rex || pre-
dictus me fratrem fuum dici gloriabatur. Et fi animum
reuocarent et || ijs qui in arce manferunt nocere velint.
nequeunt: quia armis ca- || rent: nudi incedunt et ni-
mium timidi: ideo dictam arcem tenentes dun || taxat
poffunt totam eam infulam nullo fibi imminente difcri-
mine popu- || lari. dummodo ieges quas dedimus ac
regimen non excedant. In omnibus || ijs infulis vt in-

pacta : [1] in qua homines qui necef || farij funt vifi cum
omni armorum genere *et* vltra annu*m* victu opor || tuno
reliqui. Item quandam carauellam *et* pro aiijs con-
ftruendis || tam in hac arte q*uam* in ceteris peritos . ac
eiufdem infule Regis erga || eos beniuolentiam *et* fa-
miliaritatem incredibilem Sunt enim ge*n* || tes ille ama-
biles admodum *et* benigne : eo q*uod* Rex predictus me
fra || [*Fifth page begins:*] trem fuum dici gloriebatur.
Et fi animum reuocarent *et* ijs qui in || arce manferu*nt*
nocere velint nequeunt : quia armis carent : nudi in ||
cedunt *et* nimium timidi : ideo dictam arce*m* tenentes
duntaxat poff*un*t || totam eam infulam nullo fibi inmi-
nente difcrimine populari. du*m* || modo leges quas dedi-

[1] Misprint for *peracta*.

---

aliis || conftruendis tam in hac arte q*uam* in ceteris
peritos: ac eiufde*m* in- || fule Regis erga eos beniuo-
lentiam *et* familiaritate*m* incredibile*m* || Sunt enim
gentes ille amabiles admodum *et* benigne: eo q*uod*
Rex || predictus me fratre*m* fuu*m* dici gloriabat*ur*. Et
fi a*n*i*m*um reuocarent et || iis qui in arce manferunt
nocere velint: nequeunt: q*ui*a armis ca- || rent : nudi
incedu*nt* *et* nimiu*m* timidi: ideo dicta*m* arcem tene*n*tes
dun || taxat poff*un*t tota*m* eam infulam nullo fibi i*m*mi-
ne*n*te difcrimine popu- || lari: dummo*do* leges quas
dedim*us* ac regimen no*n* excedant. In o*mn*ibus ||
[*Sixth page begins:*] iis infulis vt intellexi quifq*ue* vni
ta*n*tu*m* co*n*iugi acquiefcit: preter prin || cipes aut reges:
q*ui*bus viginti habe re licet. Femine magis q*uam* viri

nullo fibi imminente difcrimine || (dummodo leges quas
dedimus ac regimen non ex || cedant) facile detinere.
In omnibus his infulis vt || intellexi: quifquevni tantum
coniugi acquiefcit: preter || principes aut reges: quibus
viginti habere licet. || Femine magis quam viri laborare
videntur: nec be || ne potui intelligere an habeant
bona propria: vi || di enim quod vnus habebat alijs
impartiri: prefertim da || pes, obfonia, et hujusmodi.
Nullum apud eos monftrum || reperi: vt plerique exifti-
mabant: fed homines ma- || gne reuerentie atque be-
nignos. Nec funt nigri ve || lut ethiopes. habent crines
planos ac demiffos || non degunt vbi radiorum folaris
emicat calor. per || magna namque hic eft folis vehe-
mentia: propterea || quod ab equinoctiali linea diftat.

---

tellexi quifque vni tantum coniugi aqcuiefcit[1] praeter
prin || cipes aut reges: quibus viginti habere licet. Fe-
minae magis quam viri la- || [Sixth page begins:] borare
videntur. nec bene potui intelligere an habeant bona
pro || pria: vidi enim quod vnus habebat alijs impartiri:
praefertim dapes || obfonia et hujusmodi. Nullum
apud eos monftrum reperi vt plerique exi- || ftimabant:
fed homines magne reuerentiae atque benignos. Nec
funt || nigri velut ethiopes. habent crines planos ac de-
miffos. non de || gunt vbi radiorum folaris emicat calor.
permagna nanque hic eft folis || vehementia: propterea
quod ab aequinoctiali linea diftat. Ubi viden- || tur
gradus fex et viginti ex montium cacuminibus. Maxi-

1 Misprint for *acquiefcit*.

inus ac regimen non excedant.   In omnib*us* ‖ ijs infulis vt intellexi quifq*ue* vni tantu*m* co*n*iugi aqcuiefcit[1]
pret*c*r pri*n* ‖ cipes aut reges: quibus viginti haberc licet.   Femine magis q*uam* viri ‖ laborare videntur. nec
bene potui intelligere an habeant bona p*ro* ‖ pria: vidi
enim q*uod* vnus habeat alijs impartiri : prefertim dapcs
ob ‖ fonia *et* h*uju*smo*d*i.   Nullum apud eos monftrum
reperi vt pleriq*ue* exif ‖ timabant : fed homines magne
reuerentie atq*ue* benignos.   Nec fu*n*t ‖ nigri velut ethiopes. habent crines planos ac demiffos. no*n* degu*n*t ‖
vbi radior*um* folaris emicat calor permagna nanq*ue* hic
eft folis vehe ‖ mentia : propterea q*uod* ab equinoctiali
linea diftat. Ubi vident*ur* gra ‖ dus fex *et* viginti ex mon-

[1] Misprint for *acquiefcit*.

la- ‖ borare videntur. nec bene potui intelligere an
habea*n*t bona pro ‖ pria : vidi enim q*uod* vnus habebat
aliis impartiri : prefertim dapes ‖ obfonia *et huju*smo*d*i.
Nullum apud eos monftru*m* reperi vt pleriq*ue* exi- ‖
ftimabant : fed ho*min*es magne reuerentie atq*ue* benignos.   Nec funt ‖ nigri velut ethiopes. habent crines
planos *et* demiffos. non de- ‖ gu*n*t vbi radior*um* folaris
emicat calor. p*er*magna nanq*ue* hic eft folis ‖ vehementia : propterea q*uod* ab equinoctiali linea diftat.
Ubi viden ‖ tur gradus fex *et* viginti ex montiu*m* ca-
cuminib*us*.   Maximu*m* quoq*ue* ‖ viget frigus : fed id
q*ui*dem moderantur Indi tum loci co*n*fuetudi ‖ ne. tum
reru*m* calidiffimar*um* quib*us* frequenter *et* luxuriofe
vefcunt*ur* ‖ prefidio.   Itaq*ue* mo*n*ftra aliqua no*n* vidi:

vbi videtur, **gra-** || dus ſex *et* viginti Ex montium ca-
cuminib*us* **ma-** || ximu*m* q*uo*q*ue* viget frig*us*: ſe*d* id
q*ui*dem moderant*ur* In- || di: tu*m* loci *con*ſuetudi*ne*:
tu*m* rer*um* calidiſſimar*um* q*ui*b*us* || frequ*en*ter *et* luxuri-
oſe veſcunt*ur* preſidio.   Itaq*ue* || mo*n*ſtra aliq*ua* **non**
vidi: neq*ue* eor*um* alicubi habui co || [*Sixteenth page
begins:*] gnitionem: **excepta** quada*m* inſula Charis
nu*n*- || cupata: **que** ſecunda ex Hiſpana **in** Indiam ||
tranſſreta*n*tibus **exiſtit.** quam gens quedam a || finitimis
habita ferocior incolit. hi carne hu- || mana veſcunt*ur*.
Habent predicti biremiu*m* gene || ra plurima: quibus
in omnes Indicas inſulas || traijciunt, depreda*n*t, ſurri-
piu*n*tque quecu*m*q*ue* poſſu*n*t. || Nihil **ab** alijs differunt
niſi q*uod* **gerunt** more ſe- || mineo longos crines. vtunt*ur*

---

mu*m* quoq*ue* || viget frigus: ſed id q*ui*dem moderant*ur*
Indi tum loci confuetudi- || ne. tum reru*m* calidiſſima-
ru*m* quib*us* frequenter *et* luxurioſe veſcunt*ur* || præſi-
dio.   Itaq*ue* mo*n*ſtra aliqua non vidi: neq*ue* eor*um*
alicubi habui co || **gnitionem:** excepta quada*m* infula
Charis nuncupata: **quæ fecun** || da ex Hiſpania[1] in
Indiam tranſſretantib*us* **exiſtit** qua*m* gens qu*æ* || dam a
finitimis habita ſerocior incolit. Hi carne humana
veſcu*n* || **tur.**   Habent **predicti** biremiu*m* genera plu-
rima q*ui*bus in **o***m*n**is Indi** || **cas** infulas traijciunt. de-
predant. furripiunt quæcu*m*que **poſſ***u***nt.**   Nihil || ab
alijs differunt niſi q*uod* geru*n*t more femineo longos
crines. vtu*n*- || tur arcub*us* *et* ſpiculis arundineis fixis vt

1 Miſprint for *Hiſpana.*

tium cacuminibus. Maximum quoque vi- || get frigus:
fed id quidem moderant*ur* Inde[1] tum loci confuetudine. ||
tum rerum calidiffimarum quibus frequenter *et* luxuriofe
vefcu*ntur* || prefidio. Itaq*ue* monftra aliqua no*n* vidi:
neq*ue* eor*um* alicubi habui co-|| gnitionem: exc*e*pta qua-
dam infula Charis nuncupata: que fecun || da ex Hif-
pania[2] in Indiam tranffretantibus exiftit. quam genuf ||
quedam a finitimis habita ferocior incolit. Hi carne hu-
mana vef- || cunt*ur*. Habent predicti biremium genera
plurima quibus in om- || nis Idicas[3] infulas traiiciunt.
depredant. furripiu*n*t quecu*m*q*ue* possu*n*t. || Nichil ab
alijs differunt nifi q*uod* gerunt more femineo longos

1 Misprint for *Indi*.   2 Misprint for *Hifpana*.
3 Misprint for *Indicas*.

---

neq*ue* eor*um* alicubi habui co || gnitionem: excepta
quada*m* infula Charis nuncupata: que fecun || da ex
Hifpania[1] in Indiam tranffretantib*us* exiftit. qua*m* gens
que || dam a finitimis habita ferocior incolit. Hi carne
humana vefcu*n* || tur. Habent predicti biremiu*m* ge-
nera plurima q*ui*bus in om*n*is Indi- || cas infulas traii-
ciunt. depredant. furripiunt quecu*m*q*ue* possu*n*t. Nihil ||
ab aliis differunt nifi q*uod* geru*n*t more femineo longos
crines. vtu*n*- || tur arcub*us* *et* fpiculis arundineis fixis vt
dixim*us* in groffiori par || te attenuatis haftilib*us*. ideo-
q*ue* habent*ur* feroces: quare ceteri Indi || inexhaufto
metu plectunt*ur*: fed hos ego nihili facio plus qua*m*
alios || Hi funt q*ui* coheunt cu*m* quibufda*m* feminis:

1 Misprint for *Hifpana*.

arcubus et spiculis || arundineis: fixis (vt diximus) in
grossiori parte at || tenuatis hastilibus. ideoque habentur
feroces: qua- || re ceteri Indi inexhausto metu plectun-
tur: sed || hos ego nihili facio plus quam alios.   Hi
sunt qui || coeunt cum quibusdam feminis: que sole
insu || lam Mateunin primam ex Hispana in Indiam ||
traijcientibus habitant.   He autem femine nullum ||
sui sexus opus exercent: vtuntur enim arcubus et spi ||
culis ficuti de earum coniugibus dixi muniunt: sese
lami || nis eneis quarum maxima apud eas copia existit.
Ali || am mihi insulam affirmant supradicta Hispana ||
maiorem: eius incole carent pilis. auroque inter alias ||
potissimum exuberat.   Huius infule et aliarum quas vi ||
di homines mecum porto: qui horum que dixi testimo-

---

diximus in grossiori par || te attenuatis hastilibus. ideo-
que habentur feroces: quare caeteri Indi || inexhausto
metu plectuntur: sed hos ego nihilifacio plus quam
alios || Hi sunt qui coheunt cum quibusdam feminis:
quae solae insulam Mateu- || nin primam ex Hispania[1] in
Indiam traiicientibus habitant.   Hae autem || femine
nullum sui sexus opus exercent: vtuntur enim arcubus
et || spiculis ficuti de earum coniugibus dixi. muniunt
sese laminis aeneis || quarum maxima apud eas copia
existit.   Aliam mihi insulam affirmant || supradicta His-
pana maiorem: eius incolae carent pilis. auroque in-
ter || alias potissimum exuberat.   Huius insulae et
aliarum quas vidi homines || mecum porto qui horum

1 Misprint for Hispana.

cri- || nes vtuntur arcubus *et* fpeculis[1] arundineis fixis [*ut*] diximus in grof || fori[2] parte attenuatis haftilibus. ideoque habentur feroces: quare || ceteri Indi inex-haufto metu plectuntur: fed hos ego nihili facio plus || quam alios Hi funt qui coheunt cum quibufdam feminis: que fole infu || lam Mateunin primam ex Hif-pania[3] in Indiam traijcientibus ha || bitant. He autem femine nullum fui fexus opus exercent: vtuntur || enim arcubus *et* fpeculis[4] ficuti de earum coniugibus dixi mu-niunt fefe la || minis eneis quarum maxima apud eas copia exiftit. Aliam mihi || infulam affirmant fupradicta Hifpana maiorem: eius incole ca- || rent pilis. auroque

[1] Misprint for *fpiculis*.   [2] Misprint for *groffiori*.
[3] Misprint for *Hifpana*.   [4] Misprint for *fpiculis*.

[PLANNCK'S "FERDINAND AND ISABELLA" EDITION.]

que fole infulam Mateu- || nin primam ex Hifpania[1] in Indiam traiicientibus habitant. He autem || fe-mine nullum fui fexus opus exercent: vtuntur enim arcubus et || fpiculis ficut de earum coniugibus dixi. muniunt fefe laminis eneis || quarum maxima apud eas copia exiftit. Aliam mihi infulam affirmant || fu-pradicta Hifpana maiorem: eius incole carent pilis. auroque inter || alias potiffimum exuberat. Huius in-fule *et* aliarum quas vidi homines || mecum porto qui horum que dixi teftimonium perhibent. Denique vt no || ftri difceffus *et* celeris reuerfionis compendium ac emolumentum || breuibus aftringam hoc polliceor: me noftris Regibus inuictiffi || mis paruo eorum ful-

[1] Misprint for *Hifpana*.

nium || perhibent.   Denique vt noſtri diſceſſus et celeris
reuer || fionis compendium: ac emolumentum breuibus
aftringam || hoc polliceor: me noſtris Regibus inuictiſ-
fimis paruo || eorum fultum auxilio: tantum auri datu-
rum quantum || [*Seventeenth page begins:*] eis fuerit
opus. tantum vero aromatum. bombicis. || maſticis (que
apud Chium duntaxat inuenitur) tan || tumque ligni
aloes. tantum feruorum hydrophilato- || rum: quantum
eorum maieſtas **voluerit** exigere. || jtem reubarbarum *et*
alia aromatum genera: que hi || quos in dicta arce
reliqui iam inueniſſe: atque in- || uenturos exiſtimo.
quandoquidem ego **nullibi ma-** || gis fum moratus nifi
quantum me coegerunt **ven-** || ti: preterquam in villa
Natiuitatis: dum arcem con- || dere *et* tuta omnia eſſe
prouidi.   Que *et* fi maxima || et inaudita funt: **multo**

---

quae dixi teſtimonium perhibent.   Denique vt no- ||
ſtri diſceſſus *et* celeris reuerfionis compendium ac emo-
lumentum || breuibus aftringam hoc polliceor: me
noſtris Regibus inuictiffi- || mis paruo eorum fultum
auxilio: tantum auri daturum quantum eis fue- || rit
opus. tantum vero aromatum. bombicis. maſticis: que
apud **Chium** || duntaxat inuenitur: tantumque lignum
aloes. tantum feruorum hydo- || [*Seventh page begins:*]
latrorum: quantum eorum maieſtas voluerit exigere.
item **reu-** || barbarum *et* alia aromatum genera
quae ij quos in dicta arce **reli-** || qui iam inue-
niſſe atque inuenturos exiſtimo. quandoquidem ego
nul || libi magis fum moratus nifi quantum **me**
coegerunt venti: pre || terquam in **villa Natiuitatis**

inter alias potiffimum exuberat. Huius infule ‖ et
aliarum quas vidi homines mecum porto qui horum
que dixi ‖ teftimonium perhibent Denique vt noftri
difceffus et celeris reuer ‖ fionis compendium ac emo-
limentum breuibus aftringam hoc pol ‖ liceor me
noftris Regibus inuictffimis[1] paruo eorum fultum aux ‖
ilio: tantum auri daturum quantum Eis fuerit opus.
tantum ‖ vero Armatum.[2] bombicis. mafticis: que apud
Chium dumtaxat ‖ [*Sixth page begins:*] Inuenitur:
tantumque lignum aloes. tantum Seruorum hijdo ‖ latrorum. quantum eorum maieftas voluerit exigere item
reubarbarum et alia ‖ aromatum genera que ij quos in
dicta arce reliqui iam inueniffe atque inuentu ‖ ros exiftimo quandoquidem ego nullibi magis fum moratus

1 Misprint for *inuictiffimis.*   2 Misprint for *Aromatum.*

---

tum auxilio: tantum auri daturum quantum eis fue- ‖
[*Seventh page begins:*] rit opus. tantum vero aromatum.
bombicis. mafticis: que apud Chium ‖ duntaxat inne-
nitur.[1] tantumque ligni aloes. tantum feruorum hydo- ‖
latrarum: quantum eorum maieftas voluerit exigere.
item reu- ‖ barbarum et alia aromatum genera que ii
quos in dicta arce reli ‖ qui iam inueniffe atque inuenturos exiftimo. quandoquidem ego nul ‖ libi magis fum
moratus nifi quantum me coegerunt venti: pre- ‖ ter-
quam in villa Natiuitatis: dum arcem condere et tuta
omnia effe pro ‖ uidi. Que et fi maxima et inaudita
funt: multo tamen maiora forent ‖ fi naues mihi vt ratio
exigit fubueniffent. Uerum multum ac mira ‖ bile hoc:

1 Misprint for *inuenitur.*

tamen maiora forent fi || naues mihi vt ratio exigit fub-
ueniffent.   Uerum || multum ac mirabile hoc: nec nof-
tris meritis cor || refpondens: fed fancte Chriftiane
fidei: noftro- || rumque Regum pietati ac religioni:
quia quod hu- || manus confequi non poterat intellec-
tus: id huma- || nis conceffit diuinus.   Solet enim deus
feruos fu || os: quique fua precepta diligunt: etiam in
impoffibili- || bus exaudire: vt nobis in prefentia con-
tigit: qui ea confe || cuti fumus: que hactenus mortal-
ium vires minime atti || gerant. nam fi harum infularum
quipiam aliquid fcripferunt aut || locuti funt: omnes
per ambages et coniecturas nemo fe || eas vidiffe afferit:
vnde prope videbatur fabula Igi || tur Rex et Regina
principes ac eorum regna felicif || fima: cuncteque alie
Chriftianorum prouincie Salua || tori domino noftro Iefu

---

dum arcem condere et tuta omnia effe pro || uidi.
Quae et fi maxima et inaudita funt: multo tamen mai-
ora forent || fi naues mihi vt ratio exigit fubueniffent.
Uerum multum ac mira || bile hoc: nec noftris meritis
correfpondens: fed fanctae Chriftia || nae fidei noftro-
rumque Regum pietati ac religioni: quia quod hu ||
manus confequi non poterat intellectus: id humanis
conceffit di || uinus.   Solet enim deus feruos fuos qui-
que fua praecepta diligunt || et in impoffibilibus exau-
dire: vt nobis in praefentia contigit: qui || ea confecuti
fumus quae hactenus mortalium vires minime atti || ge-
rant: nam fi harum infularum quipiam aliquid fcripferunt
aut lo || cuti funt: omnes per ambages et coniecturas:
nemo fe eas vidiffe || afferit. vnde prope videbatur fab-

niſi qua*n*tu*m* me || coegeru*n*t ve*n*ti: preterqu*am* in villa
Natiuitatis du*m* arce*m* co*n*dere *et* tuta om*n*ia || eſſe
p*r*ouidi Que *et* ſi maxima *et* i*n*audita ſu*n*t: multo ta*m*en
maiora fore*n*t || ſi naues mihi vt ratio exigit ſubue-
niſſe*n*t. Ueru*m* multu*m* ac mirabile || hoc: nec no*st*ris
meritis correſpo*n*de*n*s: ſed ſancte Chriſtiane fidei nos-
tro || ru*m*que Regu*m* pietati ac religioni: q*u*ia quod
human*us* co*n*ſequ*i* no*n* poterat || i*n*tellectus: id hu-
manis co*n*ceſſit diuinus. Solet e*n*i*m* de*us* ſeruos ſuos ||
quiq*ue* ſua precepta diligu*n*t *et* i*n* impoſſibilib*us* exau-
dire. vt nobis i*n* p*r*eſe*n* || tia co*n*tigit: qui ea co*n*ſecuti
ſum*us* que hacten*us* mortalium vires mini || me attige-
ra*n*t: na*m* ſi haru*m* i*n*ſularu*m* quipia*m* aliquid ſcrip-
ſeru*n*t aut locuti || ſu*n*t: om*n*es per a*m*bages *et* co*n*iec-
turas: ne*m*o ſe eas vidiſſe aſſerit vnde pr*o*pe || videbat*ur*

---

nec noſtris meritis correſpondens: ſed ſancte Chriſtia- ||
ne fidei: noſtrorumq*ue* Regum pietati ac religioni:
quia quod hu || manus conſequi no*n* poterat intellec-
tus: id humanis co*n*ceſſit di || uinus. Solet enim deus
ſeruus ſuos: quiq*ue* ſua precepta diligu*n*t || *et* in impoſ-
ſibilibus exaudire: vt nobis in preſentia contigit: qui ||
ea conſecuti ſumus que hactenus mortalium vires mini-
me atti || gerant: na*m* ſi haru*m* inſularu*m* quipiam ali-
quid ſcripſerunt aut lo || cuti ſunt: omnes per ambages
et co*n*iecturas. nemo ſe eas vidiſſe || aſſerit. vnde prope
videbatur fabula. Igitur Rex *et* Regina prin || cepſq*ue*
ac eoru*m* regna feliciſſima cunctequ*e* alie Chriſtiano-
ru*m* prouin || cie Saluatori do*m*ino noſtro Ieſu Chriſto
agam*us* gratias: qui tan || ta nos victoria munereque

Christo agamus gratias: qui tanta nos || victoria mune-
reque donauit: celebrentur processiones || [*Eighteenth
page begins:*] peragantur solennia sacra. festaque fronde
velentur || delubra.   Exultet Christus in terris: quem-
admodum || in celis exultat: cum tot populorum per-
ditas ante || hac animas saluatum iri preuidet.   Letemur
et || nos: tum propter exaltationem nostre fidei. tum
pro- || pter rerum temporalium incrementa: quorum
non solum || Hispania sed vniuersa Christianitas est fu-
tu- || ra particeps.   Hec vt gesta sunt sic breuiter
enar- || rata.   Uale.   Ulisbone pridie ydus Marcij. ||

Cristoforus Colom Oceane classis Prefectus. ||

---

ula.   Igitur Rex et Regina prin || cepsque ac eorum
regna felicissima cunctaeque aliae Christianorum pro-
uin ||'ciae Saluatori domino nostro Iesu Christo agamus
gratias: qui tan || ta nos victoria munereque donauit:
celebrentur processiones. per || agantur solennia sacra.
festaque fronde velentur delubra. exultet || Christus in
terris quemadmodum in coelis exultat: quom tot || po-
pulorum perditas ante hac animas saluatum iri praeui-
det.   Laete || mur et nos: cum propter exaltationem nos-
trae fidei. tum propter || rerum temporalium incrementa:
quorum non solum Hispania sed || vniuersa Christianitas
est futura particeps.   Haec vt gesta sunt || sic breuiter
enarrata.   Uale.   Ulisbonae pridie idus Martij. ||

Christoforus Colom Oceanae classis Praefectus. ||

fabula. Igitur Rex et Regina princepfque ac eorum
regna feli || ciffima cuncteque alie Chriftianorum pro-
uincie Saluatori domino noftro Ie || fu Chrifto agamus
gratias: qui tanta nos victoria munereque donauit: ||
celebrentur proceffiones peragantur folennia facra. fef-
taque frondeque velentur || delubra exultet Chriftus in
terris quemadmodum in celis exultat: || quom tot popu-
lorum perditas ante hac animas faluatum iri preuidet:
Letemur || et nos: cum propter exaltationem noftre
fidei. tum propter rerum temporalium || incrementa:
quorum non folum Hifpania fed vniuerfa Chriftianitas
eft || futura particeps. Hec vt gefta funt fic breuiter
enarrata. Uale. || Uilifbone pridie idus Martij. ||

Chriftoforus Colom Oceane claffis Prefectus. ||

---

donauit: celebrentur proceffiones. per || agantur folen-
nia facra: feftaque fronde velentur delubra. exultet ||
Chriftus in terris quemadmodum in celis exultat: quom
tot po || pulorum perditas ante hac animas faluatum
iri preuidet. Lete || mur et nos: cum propter exalta-
tionem noftre fidei. tum propter || rerum temporalium
incrementa: quorum non folum Hifpania fed || vni-
uerfa Chriftianitas eft futura particeps. Hec vt gefta
funt || fic breuiter enarrata. Uale. Ulifbone pridie
Idus Martii. ||

Chriftoforus Colom Oceane claffis Prefectus. ||

❡ Epigrama. R. L. de Corbaria Epifcopi || Montifpa-
lufij ||

Ad Inuictiffimum Regem Hifpaniarum ||

Iam nulla Hifpanis tellus addenda triumphis: ||
 Atque parum tantis viribus, orbis erat. ||
Nunc longe Eois regio deprenfa fub vndis. ||
 Auctura eft titulos Betice magne tuos. ||
Unde repertori merito referenda Columbo ||
 Gratia: fed fummo eft maior habenda deo: ||
Qui vincenda parat noua regna tibique fibique: ||
 Teque fimul fortem preftat et effe pium. ||

[*Eighth page begins:*]

❡ Epigramma. R. L. de Corbaria Epifcopi Montifpa-
lufij. ||

Ad Inuictiffimum Regem Hifpaniarum. ||

Iam nulla Hifpanis tellus addenda triumphis ||
 Atque parum tantis viribus orbis erat. ||
Nunc longe eois regio deprenfa fub vndis ||
 Auctura eft titulos Betice magne tuos ||
Unde repertori merito referenda Columbo ||
 Gratia: fed fummo eft maior habenda deo. ||
Qui vincenda parat noua regna tibique fibique ||
 Teque fimul fortem preftat et effe pium. ||

℟ Epigramma. R. L. de Corbaria Epi*scop*i Montifpalufij. Ad In || victiffimum Regem Hifpaniarum :· ||

Iam nulla Hifpanis tellus addenda triumphis. ||
   Atq*ue* parum tantis viribus orbis erat. ||
Nunc longe eois regio deprenfa fub vndis. ||
   Auctura eft titulos Betice magne tuos ||
Unde repertori merito referenda Columbo ||
   Gratia: fed fummo eft maior habenqa deo. ||
Qui vincenda parat noua regna tibiq*ue* fibiq*ue* ||
   Teq*ue* fimul fortem preftat et effe pium. ||

℟ Impreffit Rome Eucharius Argenteus Anno d*omi*ni. M. cccc xciij ||

[*Eighth page begins:*]

℟ Epigramma. R. L. de Corbaria Epifcopi Montifpa-lufii. ||

   Ad Inuictiffimum Regem Hifpaniarum. ||

Iam nulla Hifpanis tellus addenda Triumphis ||
   Atq*ue* parum tantis viribus orbis erat. ||
Nunc longe Eois regio deprenfa fub vndis. ||
   Auctura eft titulos Betice magne tuos: ||
Unde repertori merito referenda Colombo ||
   Gratia: fed fummo eft maior habe*n*da deo. ||
Qui vincenda parat noua Regna tibiq*ue* fibiq*ue* ||
   Teq*ue* fimul fortem preftat *et* effe pium. ||